总有一天
会抵达

Move Slowly
And Know Yourself

人生时刻都有选择的可能
生命比我们想象中更狗血离奇

聂小欠
作品
Nie Xiaoqian's
Works

Keep clam and carry on

北京联合出版公司
Beijing United Publishing Co.,Ltd.

图书在版编目（CIP）数据

总有一天会抵达 / 聂小欠著. -- 北京：北京联合出版公司, 2015.12
ISBN 978-7-5502-6629-2

Ⅰ.①总… Ⅱ.①聂… Ⅲ.①随笔－作品集－中国－当代 Ⅳ.① I267.1

中国版本图书馆 CIP 数据核字 (2015) 第 268533 号

总有一天会抵达

作　　者：聂小欠
选题策划：一本图书策划工作室
责任编辑：张　萌
封面设计：米屋工作室
排版制作：米屋工作室

北京联合出版公司出版
（北京市西城区德外大街 83 号楼 9 层　100088）
北京市雅迪彩色印刷有限公司印刷　新华书店经销
字数 200 千字　787 毫米 ×1092 毫米　1/16　印张 16
2015 年 12 月第 1 版　2015 年 12 月第 1 次印刷

ISBN 978-7-5502-6629-2
定价：36.80 元

未经许可，不得以任何方式复制或抄袭本书部分或全部内容
版权所有，侵权必究
如发现图书质量问题，可联系调换。质量投诉电话：010-82069336

推荐序

1

面对畏惧,选择勇气。所以,恐高,最好的办法就是站到高处去。读完这本书,我想,应该要把有意思的书推荐给所有有勇气过自己想要的生活的人。

张树鹏
亚洲翼装飞行第一人
红牛签约翼装飞行运动员

2

这是我第一次为一本游记写序。

当我应承下来时,我甚至还没见过这个外表羸弱内心强大的川妹子,直到我们举起啤酒瓶,快意聊人生。不管她再怎么强调自己是个彪悍洒脱的"女汉子",但这个头不高的小女子身上还是透出一股掩藏不住的文艺女青年气息。大概,只有她这样的综合体,才能做出这样的事、写出这样的文字吧。

在泰国悠闲跳伞训练的日子里，我认真地把狮小妹的东南亚骑行游记看了一遍。关上电脑，心里突然涌上一股莫名的伤感！

每个人的人生都是一段独有的旅行。我前半生的大部分时间是在路上和他乡度过的，从天上到山顶再到海里，从喜马拉雅山到非洲再到南极。那些碎片经常一点一滴地在我眼前浮现，但那些擦肩的生和死，能在我们的生命里留下多少记忆？那些路过的人和事，又能对我们的生活有多少影响和改变？路一直在那里，而每个人的旅程都应该有一颗不一样的内心来引领。但每段旅程都有结束的那一天，而那个时候，我们终将回归平静的生活。朝花夕拾，这样的文字，总能把曾经在路上的人带回曾经到过的远方；伯牙子期，这样的情感，总能在茫茫人海中找到共鸣。而我的伤感，大概就是这种共鸣吧。毕竟，每个路上的行者，都是一颗孤独的星星。

让我意外的是，偶然阅读到的文字，竟能让我找到遥远的感动。所以有时会想，是不是这个世界上的每一个旅者都在用自己的方式寻求出世和入世之间的平衡。

两个年轻的80后，用最简单易行的自行车旅行方式，去了最熟悉和最平常的旅行地。但是从这本书里，我却感受到了两个孤独的灵魂在路上用自己的方式看世界，寻找着人生之旅中关于自己的那个答案。

狮小妹和叶子在东南亚的自行车骑行让我在一刹那间忆起了我的梦想，青春在不知不觉中慢慢地走远。我那辆20多年前骑行西藏的飞鸽牌自行车在哪里？我初中时代第一次远行的日记是否已经变成灰烬？在北美旅行偶遇的他乡女孩儿如今是否已为人妇容颜不再？

在各自的心路旅程中，我们都追寻了什么，放弃了什么，给予了什么，收获了什么……

一本好的游记，不但可以感动自己，也可以感动读者。读书的时候，我们默而不言，人各自知，我们不能在一本书里找到人生的答案，但若能体会到内心的共鸣，足矣。

相比时下那些被媒体包装后的旅行节目以及旅行游记的套路化和追新立异的浮夸，像这两个年轻人的自行车骑行游记这样清新而平实的文字，在这个多元而忙碌的社会里，就像一缕干净的呼吸，真实质朴，如同那些慢慢远离我们而去的干净的水、阳光和空气一样，它们其实是我们生活中原本的一部分。

我一直认为在这个喧嚣的世界中，还会有人在坚持一些什么，比如梦想，比如智性。也许他们会误入苦境，内心惶惑，但是仍然愿意驻足于此。

在这个世界上，没有一个命题是攀比谁的人生更精彩。同样，天下的智慧也未必都在文字中。

书写者与阅读者，一样会有经历风雨的日子，也会有沉闷的呼吸，但是风雨会停下来，薄薄的月亮会在山边升起，让我们带着一样又不一样的悲喜，熄掉灯，带着微笑上路吧！

是为序。

刘勇
KAILAS 赞助登山运动员
中国顶尖攀登运动员
攀登界奥斯卡"金冰镐奖"首位也是目前唯一华人评委

2015 年 8 月 12 日

目 录
Contents

序 / Forewords

1. 我和我的小伙伴　*P8*
2. 收拾，收拾，准备出发　*P12*
3. 中国式"试婚"　*P16*

越南·越南 / Vietnam

1. 初见，初恋，初蹭，越南 P24
2. 九九八十一难之第一难 P26
3. 第一封情书 P30
4. 临走了，爱情却没长眼地来了 P32
5. "最隆重"的接待 P37
6. 重返课堂做越南大学生 P42
7. 那些天，我扰乱了一片芳心 P45
8. 前方出城，进入山区 P49
9. 越南山里人·就爱卡拉OK P52
10. 一场没有新人的婚礼 P54
11. 越南山里人·起得比鸡早，吃得比虫少 P58
12. 最后的时光 P63
13. 烈日和霉菌，咖啡和奶昔 P68
14. 洗澡和拉屎永远都是重要课题 P72
15. 愚人节差点儿被强奸 P76
16. 你是警察，可我们不是间谍 P79
17. 沿着海岸，一路向南 P84
18. 人一生必须去的五十个地方 P87
19. 终极骑士：裤子川十年君 P94
20. 千万别把橄榄油当防晒霜 P100
21. 夕阳醉了那片海滩 P104
22. LUCOFFEE里喝英语 P108
23. 无法继续往南，那就转弯向西 P112

柬埔寨·简朴寨 / Cambodia

1. 暴风雨前的糖衣炮弹　P124
2. 小姐你太漂亮，请与小和尚保持距离　P129
3. 管不住的嘴："邪"寺遇险记　P134
4. 一窗两世界　P138
5. "牙龈上"的柬埔寨　P143
6. 微笑的背后　P152
7. 卫生卷纸上"盛开"的吴哥窟　P158
8. 嘿！你欠我一句"GOODBYE"　P169
9. 逃离柬埔寨　P177

泰国·国泰 / Thailand

1. 老天扇你一耳光，就定会下一场彩虹糖果瀑布雨　P184
2. 夜市里卖出的甜品事业　P192
3. 翻越万水千山，只为与你相见　P201
4. 追逐一张照片的良辰美景　P208
5. 一亩梦田筑一个梦幻家园　P216
6. 生命中最美的一天　P224

后记 / Postscript

狮子后记：有时候放弃比坚持更需要勇气　P238
叶子后记：叶子的信仰之路　P244

序

Forewords

这一路都是夏天

我知道
那些夏天
就像青春一样回不来
代替梦想的
也只能是勉为其难

我知道
吹过的牛 X
也会随青春一笑了之
让我困在城市里
纪念你

—— 摘自宋冬野《安和桥》歌词

"选择生活，选择工作，选择职业，选择家庭，选择他妈的大电视，选择洗衣机、汽车、镭射碟机、电动开罐器，选择健康、低胆固醇和牙科保险，选择定息贷款，选择买第一间房子，选择你的朋友，选择休闲装和配套的行李箱，选择分期付款的三件套西装，选择DIY，在一个星期天早上，搞不清自己是谁。选择在沙发上看无聊透顶的节目，往嘴里塞垃圾食物。选择腐朽至死，由你的精子造出的取代你的自私小鬼，最后会在悲惨的家里唾弃你。

"选择将来，选择生命……可是，我为什么要这样？我选择不去选择生活，我选择别的。理由呢？没有理由 。"

这是一段出自《猜火车》末尾的文字，我很喜欢，因为它如此真实，如我们每个人的生活。

当然，我没有选择毒品，因为我没有选择的勇气；我也没有选择自私，因为我害怕孤独；我也没有选择流浪，因为我无法承受居无定所的生活。

每个人从幼稚到成熟，都需要做无数的选择，最后会通过一扇门，里面住着的就是那个你找寻了很久的最真实的自己，干净、纯粹。当然，也不是谁都能找到那扇门，它隐藏得很深。

年轻的时候，我们跟随、模仿，我们冲锋陷阵、不怕牺牲，把别人的梦想书写进自己的人生。说出来的梦想总是不着边际，时刻变幻，要去的地方总是太远，可渐渐地，我们发现梦想早已被遗弃在到达的路上。当然，如此之人甚多，转身望去，身边很多人做伴，倒并不觉得孤单，于是停下脚步，互相取暖，可郁闷的是，原点不是终点，只能继续跟着人流，且行且看。

如今的城市里，要奢望一片蔚蓝的天，让自己干干净净、清清爽爽，你说想要忠于自己的内心，许下一个愿望，我想做自己喜欢的事，听起来朴素，可大多时候我们都不能随心所愿，牵绊太多，杂音太多，最后也只能遂了它们的愿。

那些天天把梦想挂在嘴边的人，大多都坐在孤独的床前，看着"岛国影片"，把梦想给了屏幕上的姑娘，还有一年没换的床单。不知从何时起，我就像一个标准"愤青"，听到"梦想"这个词就会一阵一阵泛恶心。也没干多大个事儿，就拿梦想来武装，我只知道当我在45摄氏度无遮无挡暴晒的柬埔寨骑行时，那些所谓的梦想，还没有我手中的那杯爬满蚂蚁的冰镇甘蔗汁来得甜，喝下去了，就能赛似神仙。

在我刚开始懂得爱的时候，就有了一个听起来有点荒唐的念头，那就是一定要在27岁那一年结婚，貌似源起于哪位大师给我把过脉、开过光，说如果我27岁不结婚，那下一趟列车就得苦等到34岁。虽然听起来足够荒唐，可我内心异常笃定，时间越是逼近，越是心慌，越是心慌，越爱折腾，于是平静的生活被打破，用尽一切的力气想要去抓，却终于如愿以偿地赶在这个年纪失去了一切，变成年纪一大把还带着一肚子情伤的老姑娘。感觉自己的那个小世界，灯一下子全熄灭了，胸口流着血，手里提着刀，看了看前方可选的路只剩两条，要么了结自己，要么灭了他，二选一的题，结果我都没有足够的勇气。那我往后退吧，差一点就没出息地选择用出走去忘记，来一场听起来很洋气的说走就走的旅行，可27岁了装不了"小清新"，想想当初为爱出走什么的，真的挺傻的，虽然也还是那个傻乎乎的模样，但至少知道逃避并不是出口，走了也不是一了百了，完了不还得回来面对。那些以"流浪"的名义在外面混迹的人里，有一半以上不都是一时意气冲出去，却没有勇气再回来面对的么？

给自己一年的时间让自己重新适应一个人的生活,心里面谁也不放,把自己的心清理得干干净净地来迎接我曾经满心期待的 27 岁,不问未来在何方,不问那个人在何处等我,当然这不是真的坦然,只是学会了平静地接受自己所剩的一切,不悲不喜。在吹灭蜡烛的那一刻,决定趁着还没嫁,不为别的,只为了自己,再一次肆无忌惮吧。

出发前默默给自己撂下一句狠话警醒自己:亲爱的,你既不是董小姐,也不是生活在草原上的野马,世界那么大,尽管纵情去看,但这青山绿水、白草红叶黄花才是你的家,折腾够了就回家好好过日子吧!

关于这次旅行的计划,我希望一切都是简单的、自在的。我不要星星,不要月亮,不要那个到不了的远方;不要计划,不要路线,不要再让那些生活的条条框框捆绑我的思想;不要伟大,不要理想,不要那么沉的抱负增加我单车的重量。我只要一个摸得着、看得到的地方,用我自己最自由最自在的方式去走走看看。

如此,骑行东南亚,就那么真实地摆在了我的眼前,它看起来好像也不是那么虚幻。

如果幻想住在 27 楼,那现实就是下水道里的臭狗屎。单车旅行,对我来说并不是那么陌生,2009 年用了 35 天从成都沿小北线去了拉萨,估计破了当年最慢进藏纪录,在天涯上用了二十几万字的口水话算是把事情交代了一遍,最后还"自宫"成了有名的"太监帖"。我也拜读过无数大侠的骑行游记,终于发现我和他们还不算是一类人群。因为我其实属于不喜欢骑单车的人,引用时髦的那句话叫:"我爱的并非爱情,只是爱情中的自己。"骑行对于我而言,就是一直重复着同样的动作,上坡、下坡,以近 20 码的速度缓慢前进,想停就停,想走就走。东南亚国家的路更是无法与318比拟，称不上什么刺激挑战，平坦得一塌糊涂，只要四肢健全，扛得住晒，时间充裕，谁都可以。

单车于我而言就是一种工具，骑单车就是一种旅行的方式，我就是喜欢它的那种自由自在。我是一个典型的爱幻想的女生，一跨上单车，心里就不断闪现着自己空灵的背影行走于天地之间的画面，再配上极其悲壮的背景音乐，设置如玄奘取经时经历的九九八十一难，一个个只见我一眼就想和我私定终身的俊朗小青年，还要被我无情拒绝，最后只挥一挥衣袖，跟他们说："别惦记了，忘了我吧。"可别小看这种幻想，它陪伴我度过一次又一次想放弃的瞬间，让我忘了身体的那点儿鸡毛蒜皮的痛苦，忘记了大部分骑行时的枯燥和孤独。

所以说坚持骑行，基本靠意淫。

可我现在发现需要靠意淫的不只是骑行，码字才是人类最痛苦最艰难的一项脑力运动。

而我又是一个擅长"说评书"胜过码字的人。如果给我一间厅堂，堂内坐上三五十人，搬来一把师爷椅，再来一杯现磨咖啡提提神，那么只需用投影把一张张的照片轮播，我就能一口气不停不歇地讲上个三天三夜，把这一路每天发生的点点滴滴和实用攻略都给你们讲个清清楚楚、明明白白、真真切切。我是出了名的"段子手"，人送外号"巨能说"，什么故事从我嘴里讲出来，都自带六分幽默、三分夸张，还有一分赤裸裸的真诚。

可想要让这段记忆落成一本白纸黑字的印刷品与众人分享，就得老老实实坐在电脑前码字。这次码字耗时比走川藏线还久，前前后后加起来差不多有一年半,这个过程的痛苦差不多等同于让我把这段路程再骑上三遍。而整本书码字时间最长的还是这篇自序,反复修改很多次,因为通常我翻一本书就从那篇自序决定还要不要继续看下去,从作者的自序里,我能读出他的勇气有几分,豪情有几分,宽容有几分,自大有几分,坦诚有几分,当然一般配着图的书,还是要先翻翻看作者"颜值"有几分再酌情加减……

写游记不像写小说,可以胡编乱造,天马行空,想让谁死就让谁死,想让谁爱上谁就爱上谁。写游记虽然可煽情,可浮夸,但还是需要尊重事实。我在写作的过程中一直在尝试还原最真实的情景,感受当时的心情。可事情已经过去小两年了,30 岁的人写 27 岁的故事,自然带着将来留给我的孙子们看看"当年你奶奶多牛"的心境,能记住的也不过是些"刻骨铭心、惊悚刺激"的片段,当然大家品味都差不多,都比较爱看这些"我们如何悲惨""我们如何相爱""我们如何一步步走向变态"之类的故事。

我能体谅大家的期待,但我只能尽我所能,让你们在这本书里读到更多美好的东西。如当年我写的《川藏线游记》一样,或许在不久的将来,会有那么几人因为看了我辛苦码的字,而勇敢地选择自己要走的路,我便会认为以这样的方式把我的故事分享出来是一件虽然痛苦但有意义的事情。

这段旅行,没有那么多风花雪月,没有那么多云淡风轻,70% 的时间我们用屁股挨着坐垫不断骑行,剩下的时间,我们尝试不同的生存体验,旁观和参与了无数不同的人生。5 个月,5500 千米,3 月出发,7 月回国,花费 1 万块,中国、越南、柬埔寨、泰国、老挝,我和我的小伙伴叶子用我们自己的方式,一路沿着地图用我们的车轮在这块不大的地方画了好多圈圈,才知道这一切都不是曾经那些人所告诉我的东南亚。

一路骂,一路笑,一路唱,一路迎着烈日飞奔,一路肆无忌惮!

谨以此书纪念我和我的小伙伴叶子这段回不去的青春,以及那一路的夏天。

也送给无数和我一样在走过青春的路上彷徨过、迷茫过、奋斗过、坚持过、任性过的兄弟姐妹!

1. 我和我的小伙伴

我和此行的小伙伴叶子都分别骑行过川藏线，也都算是穷人家的孩子，没有娇嫩之气，吃过苦，也吃得起苦。

我辞掉工作，他卖掉客栈，让这场游走平添了那么一点儿私奔的味道。

但实际上，我们相识多年，彼此都只是会把对方放在心上但不常联系的哥们儿。

和叶子的这次不谋而合，是我的幸运，说什么"一期一会"，可这年头能一起走一路的，能有几人？还能互帮互助、互不干涉、顺心、顺气儿，更难。当然我们也难免会有磕磕绊绊，但是拿那句话来说就是："天空飘来七个字儿，那都不是个事儿。"

叶子外表粗犷如杀猪匠，而内心却敏感细腻得像会躲在珠帘后面半遮面害羞看你的姑娘。出发时，他在泸沽湖把自己养得膘肥体壮，发如牛毛，整天烟不离手，脸色蜡黄，找得到的相对准确的形容，只能是面容颓废和眼神猥琐，当然这都只是他用来伪装自己的假象。叶子幻想着借这次骑车，不花钱就可以减个肥、搞个文身、编个脏辫儿，然后路上再顺道儿捡个水灵儿的姑娘，整天听他打鼓对他傻笑，还兼洗衣、做饭、洗碗。

而我和叶子则完全相反，如我的名字"狮子"，不说话的时候，娃娃气的大圆脸挂上温柔笑容还能装一下妹子，可三句话就能暴露我的汉子本色：向来行事简单粗暴，作风恶劣，顺着毛摸的时候，还能勉强让气氛融洽，风平浪静；要胆儿大的反着摸试试，那定会咬你个死无全尸。说得好听点儿的说我有个性、真性情，说得不好听的，都暗地里叫我"女流氓""女悍匪"。

在语言不通的地方，我和叶子的这种男女搭配，常常被误认为是两口子，每次别人都是用两手伸出大拇指对对碰，然后一脸猥琐相地期待着我俩当场"秀"个恩爱来个kiss啥的，弄得好不尴尬。共躺在一顶帐篷里时，也时常引得当地小年轻躲在暗处翘首以盼，等待着上演一场"人肉激战"的好戏，可我俩却互相各种嫌弃，各自玩乐。刚开始还不断撇清关系，后来为了省事儿，干脆直接默认，爱咋咋地。我倒没事儿，只可惜叶子觉得冤屈，这样下去，姑娘哪里去挖？

对于我俩的组合，我们做了明确的分工，我负责外联，规划路线、蹭吃蹭住、找"沙发客"，需要靠美色"公关"的时候，我先行一步。他负责技术，修车补胎、取景拍照，在封建思想严重的山区，抛头露面、喝酒胡侃，如遇危险，即使他也心虚，那挡枪挡子弹也得是他上，我负责断后。

除去我们99%的性格差异外，我俩都有那么点儿不着边际的穷酸浪漫主义。爱幻想，挂得满车、铺开一地的行李里，却没几样实用的东西。三十条文身袖套，自己穿戴防狼防晒，然后思索着再搞点儿小饰品，带上他的鼓棒，路上捡个桶就在路边卖艺卖点儿小东西。连我们练摊儿的slogan都想好了——"我想看得更多，走得更远"，还翻译了多国语言版本，心想写上一句巨"装"巨文艺的话定能唬弄别人扔下几个铜板给我们路上打打牙祭。结果一到当地就发现打错了算盘，这事儿在东南亚根本没市场，最后不了了之，成了我们每次获得帮扶后的一点儿感谢施主的馈赠。一整套的紫砂简易茶具，一盖碗，一茶漏，一公道杯，四个别致小杯，一张茶巾，叶子还驮上了两大罐的上好普洱，以及一罐橘皮，在广西一小溪边露营时，我们也曾拿出来席地对坐，一边饮茶，一边畅聊人生理想，可后来在越南蹭吃蹭喝期间，这套茶具成了语言不通的情况下叶子最厉害的"公关"道具，他指着普洱竖起大拇指说着："中国，中国。"然后有模有样地摆摆茶艺大师的架势，就能和当地人各自用中

MOVE SLOWLY AND
KNOW YOURSELF

文和越南语闲聊上两三小时。带了一堆的套锅、炉头，结果却忘记了买气罐，在河内骑着自行车，翻遍了所有户外店，除了山寨版的"The North Face"冲锋衣，没有一样称得上户外装备类的商品，直到在柬埔寨遇到友人让她带回，全程没有用过一次。除此以外，我还带上了三包火锅底料、一罐辣椒粉、一罐花椒粉，分别在柬埔寨和泰国把四川的火锅文化传播给了新加坡人、法国人、美国人、意大利人、印度尼西亚人、泰国人、新西兰人，让我感觉自己像一个文化传播使者一样，倍感欣慰。当然有人是发自内心地说好，有些老外却表情夸张极其"装"地说："That is so amazing！"然后一晚上就动过一次筷子。不靠谱的行李还不止这些，一整套的彩铅、速写本，而实际上只用铅笔随性画过几幅赠与"沙发客"。网上淘的一百多块钱带低音炮的便携小音箱才真正成为了我们此行最忠实的伴侣，骑单车长途旅行，大多数时间是很孤独的，同伴之间本身就很熟识，在一起几天就能把上八代到下三代的祖史和野史全翻个遍，即使你需要很多时间去跟自己对话，但也不需要五个月的时间天天和自己说话，那样只会成为一个自言自语的疯子。大多数的时候，我们都在听歌，4 G的容量，全是李志、宋冬野、谢天笑、马飞、山人乐队、野孩子、万晓利、周云蓬、左小祖咒和一些外国乐队之类的民谣和地下摇滚的歌，是叶子的歌，也和我听的差不多。回想这一百多个日日夜夜，很多场景，都在心里搭配着这样的背景音乐。偶尔会随音乐黯然神伤，偶尔激情昂扬，大多时间，只是让音乐围绕在自己的身边，形成一个包裹的移动气场。

我有一个其实原来思想挺保守的老娘，但在我长时间的影响和思想侵蚀之下，已经对我这样偶尔偏离轨道的人生抉择处之泰然，还自己帮我冠上了堂而皇之的理由，试图告诉她身边的所有人，她女儿这是在追逐梦想。只是难免她也有世俗而本真的一面，在听说我要跟叶子同行时，悄悄地告诫我：支持我的决定，但是唯有一条，虽然叶子也是个好孩子，可千万别跟他日久生情！

走吧，走好！

MOVE SLOWLY AND
KNOW YOURSELF

2.收拾，收拾，准备出发

早在这次旅行出发半年前，我和叶子便立下盟约，可对于说起来这么大的事儿，我们的对话却总是显得如此轻描淡写，感觉好像只是约着一起见个面吃个饭。一切都是那么"正好"，正好我也想骑车，正好我也想去这些地方，正好我也想在那个时间出发，正好我俩挺搭，那就一起吧……

日历一页页翻，我们的准备工作进展得却很慢……

7月，我们决定一起骑行东南亚。

8月，我们大概决定了想去的八个国家——越南、柬埔寨、老挝、泰国、马来西亚、缅甸、尼泊尔、印度，只是还未分出个先后顺序……

9月，我开始捡起未过四级的英文，接待说中文的"沙发客"，甚至为了卖艺开始学习架子鼓，叶子把他的小学英文从音标开始补，偶尔练习修车、补胎……

10月，我接待了更多的"沙发客"，背诵了更多的单词，第一次尝试用我蹩脚的英文给一个法国人解释什么是脑花、鸭肠、毛肚和酥肉，架子鼓打出了"动次打次"，叶子继续在泸沽湖赚钱捞金，风花雪月，喝酒泡妞。

11月，叶子还没有找好他此行要用的自行车，我们还在网上不断搜集资料，求助前辈，为各个国家的签证发愁。

12月，我们各自写下清单，我开始混迹于"淘宝"和各个车店采购我们的大件装备；叶子开始在他的客栈里翻箱倒柜，寻找朋友八方支援，能凑一点儿是一点儿。

1月，我辞掉工作，算了算银行里筹备的钱，差不多够了，便打着"共商大计"的旗号逍遥地跑去和叶子会合了，在泸沽湖待了18天，结果只有两次坐下来商讨我们还需要准备点儿什么。

2月，把单车放到车店做最后的检修，然后回家过年，拜别父母，和朋友说再见，赶在临出发前"白目"地弄丢了我的iPhone 4，没了移动GPS。

2月28日，月末的那天，先一步托运了单车，再一个人抱着扛不动的四个大驮包，上了那列开往南宁的绿皮火车。

到了南宁，才开始把所有网上买的、邮寄的、托运的、自己扛的行李全部汇总，删删减减，查漏补缺，把朋友家当成我们的"梦工厂"，顺利地跑去越南驻南宁大使馆办好了此行第一站——越南的签证，再抓紧在临走前补了之前骑车被我摔碎，补好了却又因贪嘴啃鸭脚脱落的烂牙，急急忙忙上网买了出行保险，给Skype充上值，给音响下歌，再天天和朋友大鱼大肉，试图把这大半年即将缺失的营养全补上。

最后一天，我俩把所有行李铺到地上，站在一堆行李面前，才真实地感受到了什么叫手心冒汗腿发抖的紧张感，因为这可不是闹着玩儿，大话已经放出去，走到这一步了，只有一个选择——眼睛一闭，豁出去！兴奋归兴奋，难免还是会心虚，再怎么女汉子，踩单车也不是自驾，没人帮你推也没人帮你扛，说得文艺点儿，就是用脚步来丈量，说得通俗点儿，就是纯"烧骨油"的活儿。叶子放着音乐，披头散发地坐在地上给驮包

**MOVE SLOWLY AND
KNOW YOURSELF**

缝上漂亮的布贴,虽然针脚凌乱,倒也不妨碍整体视觉。我则默默地站在我的行李边,把之前想臭美的东西再挑选一遍,再扔掉一些,让我感觉稍微好过一点儿。

然后,整理,装包,一鼓作气。充气防潮垫一个,抓绒睡袋两只,轻便羽绒服一件,冲锋衣裤各一件,骑行内裤两条,长袖衬衫一件,牛仔七分裤、热裤各一条,抓绒长裤一条,快干短裤一条,休闲短裤一条,裙子一条,工字背心四色四件,T恤若干,比基尼两套,内衣两件,内裤四条,袜子一堆,布鞋两双,夹脚拖一双,帽子三顶,头巾N条,半指手套两双,全指手套一双,文身防晒袖套N条,墨镜、骑行眼镜、游泳眼镜各一副,化妆包一个,护肤品、彩妆、香水样样有;各种感冒药,止泻药,止痛药,解暑药,跌打水,驱蚊水,风油精,防晒霜,橄榄油,纱布,棉签,眼药水,红药水,创可贴,卫生巾(备足两个月,含"o.b."卫生棉条),六个避孕套(万能),营造氛围用的印度香一盒,洗漱用品一整套,包括面膜、卸妆液、女性护理液还有除毛刀;再加上炉头、套锅,练摊儿用的豪华首饰盒,火锅底料三包,辣椒粉花椒粉各一盒;彩铅一套,速写本一个,随行记录笔记本两个,书两本;iPad一个,破手机一部,卡片机一个,500G移动硬盘一个,鼓棒两根,万国充电器和各种充电器一堆。身份证、护照原件及复印件,保险打印件,照片若干,信用卡、银联卡,VISA卡,现金(美元、人民币)一叠。再加上防狼防身用的绳子、军刀,收纳、防雨和防盗用的随身包、防水袋、防盗腰包、车前包、前叉包、后驮包。这些都整理好后,再把打气筒、水壶、车载音箱、备用内胎、折叠外胎、码表、车前灯、车后灯、刹车片搜遍所有角落硬塞进这已经不堪重负的单车。最后再扎上捆扎带,罩上防雨罩,然后试了一下,呃,糟了,扶都扶不住。

拍个照留恋一下,感慨自己是如何把这一地的鸡毛零碎像变魔术一样勉强打了个包。看了看表,已是夜里两点钟,叶子那边还一团乱七八糟,洗个澡,想吹头发,却忘记了电吹风被我塞在何处,不管了,戴上我的防噪音耳塞睡了,还故意忘记设置闹钟。

*MOVE SLOWLY AND
KNOW YOURSELF*

3. 中国式"试婚"

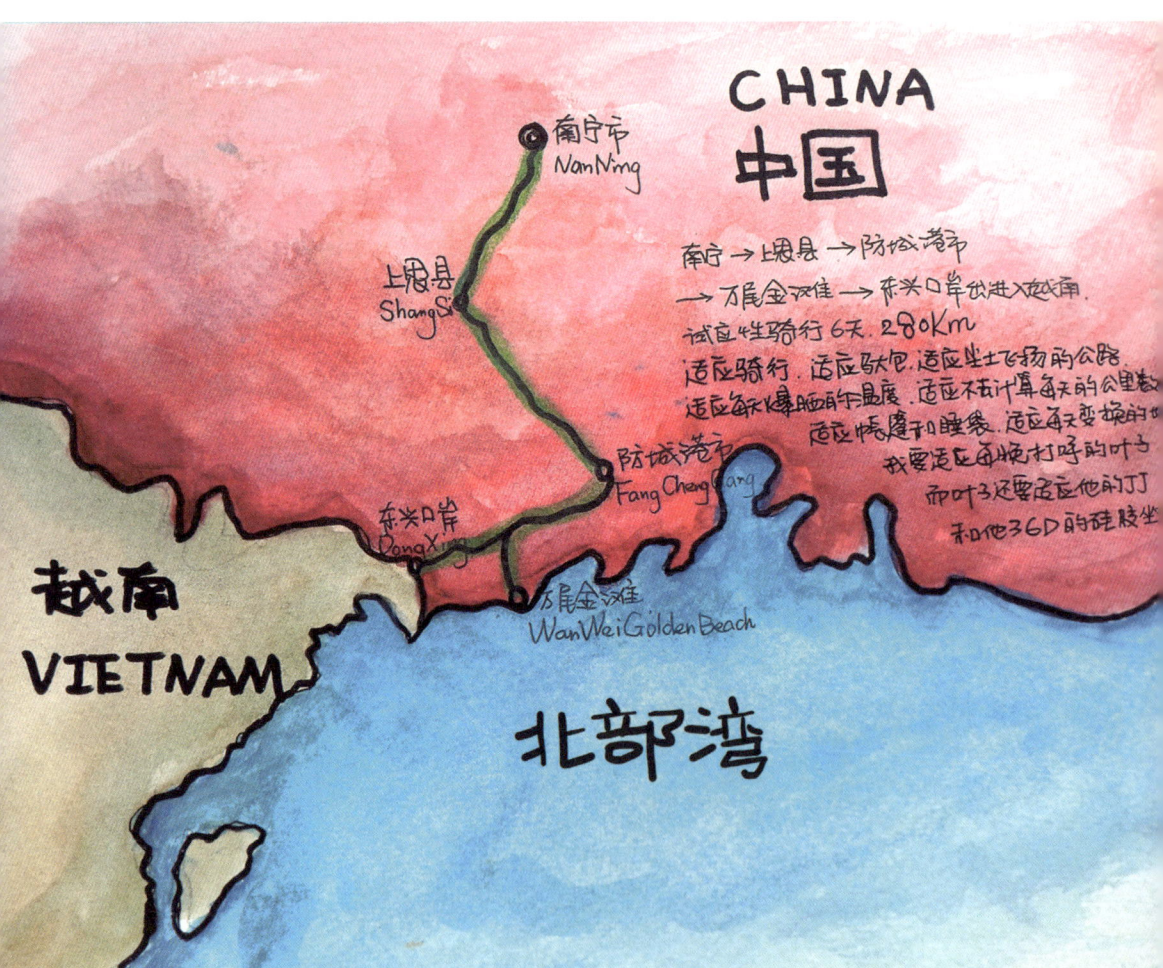

我们选择从南宁出发，途经上思，翻百万大山，从东兴口岸进入越南。

这个决定，一方面是我们不想要搭车，一方面是为了在出国之前先去适应。

什么都需要适应，适应骑行，适应驮包，适应尘土飞扬的公路，适应每天暴晒的温度，适应不去看码表的速度，适应不去计算每天的公里数，适应把旅行当成一种日常的生活，适应恐惧，适应停止抱怨，适应没有电话、没有微信，适应每天变换的地点，适应睡袋和帐篷，最后还要适应每晚睡在这个会呼噜的哥们儿身边，同床异梦，坐怀不乱。而叶子还要适应 JJ 和他 36D 的硅胶坐垫，才一天就放弃了内裤，最后化作了屁股上的老茧。

这段适应期除了身体上的痛苦，还有心理上的煎熬，撑过去了前面就是全屏式的"海阔天空任鸟飞"；如果不断在心里将"痛苦、迷茫、无趣并且腿酸屁股痛的第一天"复制成接下来的 365 个"一天"，用 1：365 来天天摧残差点儿吓尿的意志力，那只能自己把自己在心里就活活干掉，砍个稀巴烂，面目全非，搞不好三天就会想搭车回家。

而除了骑行本身困扰我之外，最让我崩溃的是调频 FM 88.8 的叶子呼噜"摇滚电台"，播放时段每晚十点至凌晨五六点，我常常整晚被叶子的呼噜声折腾得无法入眠。此呼噜声从在泸沽湖时便一直跟着我阴魂不散，木楞房不隔音，晚上戴着耳机看美剧都能感受到那个波段。在南宁朋友家，隔壁房间关上两道门都听得见。买了一对防噪音耳塞，音是隔了，可塞得越紧，耳内和耳外的耳压就越不平衡，试了一晚，第二天早上感觉耳蜗连夜被别人挖深了一米，直达耳根，那叫一个疼。

叶子打呼，不光声音大，还常常让我牵挂。人家是打呼要命，他是打呼

**MOVE SLOWLY AND
KNOW YOURSELF**

像是快要了他自己的命，不是放松畅快的，而是更像一个姑娘的抽泣，尾音总是短促而上扬，时不时就感觉抽过去了，还得赶紧检查一下这哥们儿可还安好。我曾幻想过无数次掐着他脖子断了他的气，场面很血腥，手段很暴力，当然幻想归幻想，虽然忍得很辛苦，但也不能真心动手！我只能不断给自己洗脑，冷静，冷静，要团结，要和谐，要有团队意识，要有看母猪也赛貂蝉的心态！

国内的骑行没有太大的惊喜，好比没有激情的前戏、冷掉的暖场乐队，一切都是按部就班，我们的情绪也只是维持在 just so so 的状态。从一开始车身摇晃不能自控，驮包滑落，到几天后脸上便浮现出了淡定表情。身体的酸痛感，只持续了两三天，只是 3 月便达到 36 摄氏度的燥热天气让我俩吃够了苦头。一开始我还穿着绣花布鞋讲究打扮，才两日就把我的大脚拇趾顶出了满趾甲盖的死血，行走不便，后来索性打包封存，买了一双破夹脚拖替换，自此无缘再穿，因为这一路从 3 月到 7 月，都是夏天。刚开始我还"吐槽"叶子为这次长途旅行准备的一顶客栈里残存的值几十块钱的破旧单层帐篷太烂，后来发现就这顶破帐篷优点良多，宽敞通风透气，轻便易带，搭建步骤简单，睡过无数个夜晚，省了不少银子，防虫挡雨遮羞，功能齐全，所以，所谓的专业装备在东南亚，基本就是狗屁，好用大气才是硬道理。

此次骑行全程 5500 千米，修路的却只有两段，一段在上思至防城港的途中，一段在柬埔寨金边北上去暹粒方向几十公里处，路边摆着"道路施工"的中文警示牌。施工路段，碎石满地，尘土漫天，拍下的照片都怀疑自己是不是回到了艰苦恶劣的川藏线，可见凡有中国伟大工程师在的地方，必被搞得乌烟瘴气、灰头土脸。

唯有让人开怀的便是离开中国前，好好犒劳了一下我们这两个中国胃。

再怎么紧衣缩食的叶子，也大气地让我餐餐随便点，两个人在万尾金滩的海边找个实惠的烧烤摊儿，点上满满一桌的海鲜，大快朵颐，起身摸肚，擦擦油嘴，还不用洗碗，结账一算，才80块钱。乐哉，爽翻。

关于蹭吃蹭住这事儿，是我们行前便达成的共识，一来要控制我们的开销，二来我想要真正地融入并体验当地人的生活。但在国内因为烂路被迫扎营在溪边的那晚，叶子却对此表示了怀疑，说据他了解，广西人和广东人一样，并不那么善意而热情，防备心重，这事儿有点儿悬。我却有点固执，不信这邪，哪里都有好人坏人，岂能如此一竿子打翻。外联这事儿，本来属于我的范畴，路边一个正在家门前锯竹竿的老头进入了我的视线，我先试蹭一番，不知是大爷听不懂我的语言，还是不明白我要干啥，如我这般写满善良的脸，居然还是让他产生了恐慌和狐疑。在我示意我们要在他们房屋旁的溪边扎营后，竟然打电话叫了他在外干活的儿子开车回来巡视我们这两个不怀好意的贼。可我一向不管不顾，这溪边可是您的地盘，今晚我们还就住定了！扎好帐篷，叶子感慨，如此美景，要有一壶暖茶相伴，定是极好的，且这地段，前不着村，后不着店的，摸摸肚子也确实空了，车上也没有任何干粮备货。我便拎着保温水壶去觅食找好人家去了。不过半小时，我便拎着两壶热水回来，跟叶子说，喝了这壶热茶，便跟姐姐用晚膳去，我已寻得好人家，还可以清洗我们这一身灰头土脸。叶子半信半疑地跟着我去了，一路边简陋的人家，虽然吃得朴素，可那对基本听不懂我们语言的老夫妻佝偻着背背着胖胖的孙子，为我们夹菜添饭，眼里全是慈祥和怜爱，那个婆婆脸上的皱纹和银发让我想起了自己早年就去世的外婆，心里又是一阵酸。谁说广西人不善啊？别那么轻易地在还没有任何了解和接触时，便作任何善与不善的定论，你是善的，自然会有善报！

MOVE SLOWLY AND
KNOW YOURSELF

Vietnam
越南·越南

Move slowly
And
Know yourself

再让我看你一遍　　　　　　2800 km
从北到南　　　　　　　　　没有太久
穿过田野　　　　　　　　　没有遗憾
掠过海边　　　　　　　　　在越南的 48 天
再让我讲你一遍
关于那个更似夏天的春天　　—— 改编自宋冬野《安和桥北》歌词
那个姑娘和小伙子
一直向着南方骑

问：什么人起得比鸡早，吃得比虫少？
答：戴绿帽子、骑着二八圈老自行车的越南人。
问：哪个国家满地跑的鸡都没毛？
答：一地鸡都没毛的越南。
问：世界上哪个国家的人最爱卡拉那个 OK？
答：这得问所有越南人。
问：什么国家的人最爱养鸟？
答：越南养鸟人。
问：世界上拥有摩托车数量最多的人是谁？
答：住马蜂窝里的越南人。
问：哪里的咖啡最便宜、制作时间最久？
答：咖啡当茶喝的越南。
问：哪里的米粉和奶昔最好吃？
答：梦中的越南。
问：哪里农村的茅厕至今没有纸巾都撕书和报纸？
答：乡下的越南。
问：哪里的淋浴没有热水？
答：从北到南的越南。
问：范冰冰和甘露露在哪个地方拥有粉丝一样多？
答：这个只有在传说中的越南。
问：哪个国家的警察一听说是中国人就以为是间谍？
答：那些穿嫩草绿色警服的越南警察。
　……

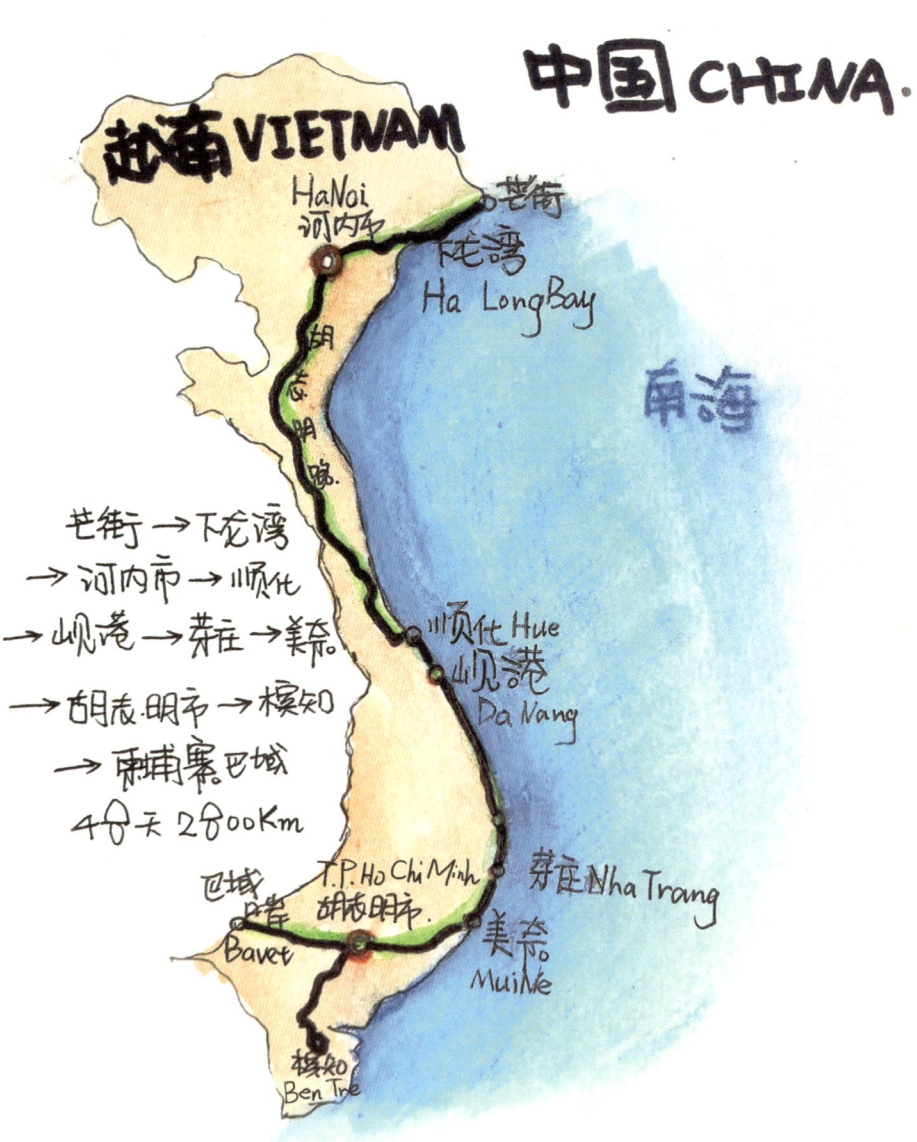

Vietnam / 越南·越南

我们在越南一共待了 48 天，其中住旅馆仅 12 天，"沙发客" 10 天，1 天扎营海边，剩下的 25 天蹭住在各式各样的当地人家里，小洋楼、小院儿、瓦房、草棚、仓库、花圃园、餐厅、咖啡馆、男生宿舍、屋檐。2800 千米，平均温度 35 摄氏度，腿上晒出了性感黑丝，脚趾头盖儿踩出死血脱落又发了新芽。蹭住蹭吃已经演练成了一套标准化模式，甚至更厚脸皮地蹭了婚礼，"嗨"了 KTV，尝了槟榔，吃腻了奶昔，饿了就找满地好吃的米粉、法棍和春卷，困了就泡在路边随处可见的咖啡馆。但还是每天吃不饱，晚上睡不好，还被请进了"局子"，庆幸平安无事，被纯洁的越南大学男生害羞地拥抱过，也被冲动的越南山区小青年推倒在厕所，还好姐姐我力大无穷，躲过了一场劫难。

MOVE SLOWLY AND
KNOW YOURSELF

1. 初见，初恋，初蹭，越南

刚进入越南芒街，我俩就像初恋一样，什么都感到新奇，轻松过了安检，跨过国界，眼前的世界瞬间时间空间切换，满地红色的文化色彩浓重的宣传画让我感觉穿越到了"文革"时期，不知自己身在何处，一脸茫然。用几张红色的"毛主席"换了好多零的"胡志明"，满地戴绿帽子、骑着二八圈老自行车的瘦弱男人，英文字母上面加上豆芽般的文字，听不懂的叽叽呱呱的语言，颜色鲜艳的法式小洋楼，到处挂满的鸟笼和那些阳台上的花，甚至一个破旅馆散发的法国香水味，都让我俩那晚感觉春心荡漾，呼吸的空气潮湿而凉爽。夜晚窗外飘来的卡拉OK叫卖声，让我想起张家辉那部电影《红河》里的情节，中越边境，那个叫阿桃的女子，估计叶子也悄悄在梦里约了那个即将遇到的白衣越南姑娘。

当现实照进梦乡，一切意淫的幻象就被活生生地剥了个精光，听不懂的语言、沟通的障碍，让我们连买瓶矿泉水都被宰。中午找餐馆，连续问了四个地方都碰壁。还好越南的路虽然不宽，但还算平坦，骑车倒没什么大问题。好不容易找到个餐厅，跑到厨房指着眼睛所见的食材比个"1"，点菜一路就这么搞定。过了几日，我俩才算真正地缓过神来，开始知道哪里是餐厅，哪里是旅馆，开始算得懂纸币上的零，而不是一把钞票拿出来——要多少，您请自便。

越南北边地区，可能因为中越边境贸易往来较多，也有一些广西的移民，在这些地方，中文英文都是狗屁不通的语言，反倒用粤语还能勉强沟通，叶子仿佛找到了自信，我却变得无计可施，只能跟着他混。从芒街出来的第一天夜里，在当地人介绍了一堆"坑爹"的家庭旅馆之后，我们决定骑出小镇找住宿，

Vietnam / 越南·越南

叶子相中了一栋豪华别墅,一边一脸痴相地窥探别人家的别致小院儿,一边推车往门前一站,比划一个睡觉姿势后,那中年妇女居然懂了他的意思,爽快地开门迎客。推车进入以后,我还担心这妇女是否搞明白了我们是想混住于此。晚上等她丈夫和上高中的儿子回来,费劲地用电脑对话,小伙子把越南文翻译成英文,我再把英文翻译成越南文给他看。原来他的爸妈就纠结一个问题,我俩是不是两口子,如果不是,那必须分开睡,最后我分得豪华别墅的二楼小屋,叶子则"苦X"地在院子里扎帐篷。

我以为我捡得了大便宜,一脸幸灾乐祸地跑去我的小豪间就寝,结果房间里已挤进几十只山蚊子做室友,为了喂养它们,我几乎一整夜没能合眼,"悲催"得我真想换去扎帐篷睡小院儿。带在身边的什么"六神"驱蚊水,在这些地方用,根本就只是寻求一种心理安慰,喷了半瓶儿,脸上屁股上都用了,却丝毫没将它们的攻势削弱,估计是不同国籍,连蚊子也无敌,一辈子也不一定能遇上这么个细皮嫩肉的"老外",拼了老命也要证明它们的存在感。早上六点,我肿着眼也肿着脸被逼着起来了,外面下雨了,叶子的破帐篷防雨功能较差,所以一脸惨状地逃到了客厅,大清早便开始陪主人看越南"狗血"连续剧。有一种疗伤的方法是,当你觉得自己很惨的时候,多看看比你更惨的人,心里瞬间就平衡了。

MOVE SLOWLY AND
KNOW YOURSELF

2.九九八十一难之第一难

告别了精致的越南小洋楼,出发向下龙湾挺进。结果刚出发就开始下起了小雨,虽然并不算大,可是这条路的路面很脏,附近应该是产煤的城市,被雨水打湿的煤灰覆盖了整条路面,我的车为了省力,选用了摩擦力较小的外胎,又没有挡泥板,没过一会儿,我就被甩了满身的泥,车上、驮包上更是惨不忍睹。

煤炭泥堵住了链条和齿轮,让骑行变得异常艰难,不过老天估计觉得这还算不上什么考验,又给我们加了点儿料,让我遭遇了此行第一次爆胎,并且还是让人郁闷的需要卸下行李的后胎。我俩分工明确,在某些技术活上我很懒,是懒于去知道如何做,血液里认定了补胎修车这事儿就定是男儿的天职,好似那是证明我还是女儿身的唯一一点示弱的底线,不能再退。所以,即使我曾带队骑行无数次,甚至远途骑行很多次,也从未学习甚至从未想过学习补胎,这次东南亚骑行,我也不例外地坚守了我的这一堪称怪癖的原则。因此,对于挑选同伴,我有一个最低要求:
——必须会补胎。当我爆胎后的对策便是,死等叶子,不号不叫,端茶送水,淡然旁观。叶子虽然也不爱补胎,但是更不愿意卖脸赔笑做"公关",所以只有"悲催"地在雨里开展这项他也不怎么情愿的工作,嘴里虽没说,但我看出他心里一直在反复地诅咒我。其实,当你束手无策地站在一旁看着一个男人一脸认真一身脏兮兮地为你排忧解难时,你看到雨水打湿他的面颊、他的头发,即使那个男人本身不帅,那一刻你也会觉得瞬间恍神,差点儿丢了魂儿。也许这就是万千美少女偶有被屌丝男打动芳心的真理吧。但这也只是偶有,没那么频繁。

Vietnam / 越南·越南

只是中午，我们的衣服和驮包差不多都湿透了，用润湿的衣服换下可以拧出水的内衬短T恤，勉强地找回点儿温度。脏不可怕，全身湿透也不可怕，可怕的是穿着一双破夹脚拖在泥泞中踩单车，这双在国内买的"脑残"品牌夹脚拖底板极软，无法抵御我每天用力的踩踏，结果底板已经被脚踏戳穿，脚底和鞋底板之间充斥着涂了厚厚煤灰"面膜泥"的滑爽和脚底与脚踏的刮磨。最难受的是，每次踩踏，大脚趾缝传来的那一次次提拉，跟下体抹上润滑油穿上丁字裤被人悬空提起一样煎熬。整个画面很不雅观，因为会听见我一路发出从高八度至低八度的呻吟："哦，啊——爽！"

晚上六点，我们终于坚持一路"爽"到了这个煤矿小城——锦普。我外露的腿基本已炭化结壳，车身黑得快看不出本来的颜色了，直接躺地上玩隐藏，大卡车师傅眼睛都不眨就能直接碾过去。穿过了整个城市后决定找个路边旅馆住下，叶子等在路口看着车，我顶着一身泥就进了一个旅馆，服务员像见了鬼一样地躲着我，我问她价格，她一直摆手，我试图自作主张地上楼看一下房间，她像保卫家园一样地誓死用身体挡在我的面前。我反反复复进进出出好几次试图让她明白我们要住店，抽出绿花花的大钞票甩到她脸上，可她好像还是没听明白我想要干什么，除了一副要我离她的地盘儿远点儿的架势，眼神里还充满了鄙夷，我是有多脏？能不能不要这么肤浅，往我里面深一点儿看看啊，透亮！好不好？不过，最终我还是只有放弃，无奈地迈出了旅馆，找了找附近也没别的旅馆，只好跟叶子在路边呆呆站着，再想别的出路。

也许这样的我们推着两辆破车站在车水马龙的路边实在是太扎眼，引来了无数人围观，我开始用我"职业蹭住人"的目光挨个儿观察他们，最后把目光聚焦到了一位眼神里就写着"好人"的人美心更美的妇女身上。这位妇女的面容里带着典型的法越混血的轮廓，手里抱着一个可爱的小女孩儿，当妇女的眼神与我对焦后，我诚挚地走向前，尝试跟她交流寻

MOVE SLOWLY AND
KNOW YOURSELF

求帮助，我们比手画脚一番还是没能说得个清楚明白，没想到她拿起手中的电话拨通了一个号码让我接听。电话那头传来一个带着台湾腔调的女性的声音，告诉我，她的朋友，也就是我眼前的这位妇女，看我们在路边似乎遇到了麻烦，想看看能否为我们提供一些帮助，我便两眼放光如饿狼见了免费的肉包子一样，毫不婉转地把话头直接转到了可否给我们提供一个遮风避雨的落脚处。

一切就这么水到渠成了。这个可爱的妇女名叫"蒜"（音译），和她的丈夫"阿忠"（与叶子同岁），育得两女，大的15岁，小的刚3岁，小两口在我们停留的路边刚刚盘下一家门店打算开夜市小摊儿卖点儿烧烤简餐。电话那边那位女生名叫"阿芳"，是她多年的朋友，因为在台湾做护士多年，并且即将远嫁台湾丈夫，所以中文顺溜。我俩一脸好像被捉奸在床似的尴尬地低着头，把我们的两辆脏车推到他们的厨房后院用水管一阵乱冲，目测足足卸下一斤泥，把别人的下水道都给堵了，非常内疚，又一阵忙活疏通打扫。也不管是冷还是很冷，拿着水管和着又湿又脏的衣服就往自己身上冲，最后再用烧的热水洗了个热水澡，换上干爽的衣服，干净得跟拔光了毛的白切鸡一样，心中有一个赤身裸体的小人儿不停地转圈圈。待我们收拾好，蒜和家人以及朋友已经备好了一大桌的饭菜盛情地招待我们，友好得像多年熟识的老朋友。不得不和叶子感慨，虽然今天的遭遇值得同情，但是好运的我们又遇上了一个好人家啊！

在下龙湾的海边，我和叶子没有什么特别的感触，一切好像都是为了迎合中国游客的口味所建设，跟国内无数的著名旅游景点一样，处处充斥着商业的气息，甚至连贩卖的商品都打满了"中国进货"的标签，让我们提不起半点儿兴趣。从包里拿出所有行李，连鞋底都长满了霉，每件衣服都散发着一股地下室的潮湿味道，天气仍然阴沉，衣服也没法晒，最终连订好的出海船票也给取消了。短短的白寨海边一个小时就可以打个来回，实在无趣，最后我俩在海边找了一家高级咖啡厅，花 10 块钱第一次品尝了越南的滴漏咖啡，拿出笔记本，写出了第一封带着思念的情书。

**MOVE SLOWLY AND
KNOW YOURSELF**

3. 第一封情书

To the boy, my boy：

我想还是用中文写信吧，我怕我的表达不够准确。

这是我给你写的第一封信，分开已经有两个多星期了，我也开始了我的旅行，你也回归了你在中国的正常生活。过去的两个月对我来说，很难忘记，并且最近经常出现在我骑行的大多数空闲时间里，特别是在晚上睡不着觉的时候，总希望睡在我身边的是那个不会打呼的你。从来没想到过会在这次旅行开始之前，在我的心快死掉的时候，你却出现在了我的生活里，真的很谢谢你给我那么多的温暖和安全，让我又开始变得积极而乐观。谢谢你包容我的那么多的缺点，我的不耐心、我的坏脾气、我的倔强和任性。

这些天的骑行，虽然很累，但是很充实，有时候我会一边骑车一边想你，我感受到了我的快乐，我知道自己笑得像个傻瓜，就像你正在拥抱我，亲吻我。

不知道为什么，分开的这几天，我却开始想象着我们的未来，也许有一天，我们也会有一段像这样的旅行，我想我会很快乐。我甚至想到了，如果将来我们一起生活，甚至有我们的家、我们的房子、我们的小孩，我们爱着我们共同的父母，那一定很幸福。我只想说这是我真实想到的事，你不会被我吓到吧？

Vietnam / 越南・越南

在成都的那晚我们坐在河边，我绝望地望着河面，说希望你是我最后一个男朋友；可后来我反悔了，我说也许那个时候我只是觉得对感情这事儿有点儿伤心绝望，那不是我当时真正所想，你只是刚好那时候在我身边，换了别人，也许我也会这么说。但是我想给你我现在的答案，我想我是真的爱上你了，我希望你会是我的最后一个男朋友，想和你在一起，过平淡的生活，每天在你的咖啡香味中醒来。

不过，这无关于我的旅行，我希望这一切都是那么自然地进行着，我会一直把你放在我的心里，用我的眼睛、我的心带你一起去旅行，我知道你是相信我的，我也相信你。

Love you
Your Lion
2013.3.14

**MOVE SLOWLY AND
KNOW YOURSELF**

4. 临走了，爱情却没长眼地来了

出发前跑到泸沽湖在叶子那儿混吃混喝，每天太阳晒到屁股了就让它继续晒到脚脖子才起床，骑着破摩托绕着湖挨个儿拜访开客栈的哥们儿，整天大鱼大肉，嬉笑怒骂，闲了翻几页书，练练架子鼓，扯着喉咙吼几句"青春易逝，岁月静好"，随意挥霍这不值钱的等待出发的日子。谁知那天，就在这片蓝得犯贱的湖里，那个他就那么走下那辆面包车，背着他的大背包，走向了我，说："Hi, I am Dan. How are you?" 而我被湖水反射的光刺得睁不开眼，于是便眯着丹凤眼，向前伸出了我的手。

他叫丹，一个大胡子的美国年轻大叔，在美国学习了两年中文，因为痴迷亚洲文化，在认识我的半年前不远万里来到中国，去了贵州一个爆发过禽流感的小村落支教，教那些高考失利的职高大学生英文口语，每个月只拿到糊口都不够的报酬。寒假来临，本打算只是从贵州搭顺风车，途经成都、重庆、西安去新疆乌鲁木齐找他的朋友。在我正准备去叶子那儿鬼混时，他从"沙发客"网站上给我发了一条求收留的Email，一张如中东以色列大叔的照片让我连点儿非分之想都没有，但内容写得情真意切，提到了他也曾在越南有过两个月的单车旅行，最重要的是他使用了中英文双语，虽然错误百出，但还是无比自豪地在信末写上了"本篇信件我没有使用诱导词典"，在我研究了半小时以后终于明白他的"诱导词典"原来是指"有道词典"。这可真是激起了狮子座女王无法克制的好胜心，虽然时间不合适，我并不打算招待他，但还是极其耐心地费了半天劲用中文和我那蹩脚的Chinglish回了一封极其委婉的拒绝信，再顺带热心肠地加上了几句我对他旅行计划的建议，说他的城市两月游如何无聊，其实泸沽湖里走一遭又顺心又顺道，再顺带手欠地留了如果需要SOS才用得着给我打的求救电话，当然信末我也不甘示弱地写上俺也没用"有道词典"，咋样！结果这位大叔把我只是出于发扬中国人传统美德的无心邀请当真了，而且只思考了十分钟就采纳了我的意见，在三天后风风火火地搭着顺风车到了泸沽湖，上演了此前那一幕。

在我脑海中预先设定的完美剧本儿里，根本没有这么一个突兀的序曲。可就像墨菲定律所说，如果你担心某种情况发生，那么它就更有可能发生。就在我最不希望发生的时候，那个叫爱情的东西，在那个最尴尬的时候没长眼地跑来扰乱我当时已经够凌乱的心绪，而且对象还是一个如三毛的荷西一样的白脸儿大胡子。

一开始我刻意地躲闪着他深情的眼神，对他的表白视而不见，因为我不确定我是否已经放下了过去那段还能感觉到痛的狗屁感情，于是试图躲闪、游离，但又心照不宣地迟迟不问他为何还不离开，借着点儿酒劲还是没忍住在黑暗中拉了他的手，眼睛一闭，头靠在他的肩上，眼泪流了下来。真他妈的开玩笑啊，这场旅行不应该是这样啊，这剧情让人感觉太"狗血"，哪个编剧会在还没开始时就谱写这么个大悲剧！不是应该在路上邂逅一段可歌可泣的爱情，然后一起浪迹天涯么？！

从他出现的那天起，他便开始像一个影子一样一直跟着我，放弃了他原本的计划，最后把途经的城市变成了此行的终点，跟我耗了将近两个月，环湖、登山、对火畅谈，和我一起探访友人，甚至还跟我回家过了春节，顺道提前拜见了我的父母，我那淡定的妈一见这鬼佬，几乎跳起来，扯着嗓子开喊，口水溅我一脸："绝对不行，别想把我女儿拐去你们美利坚！"

我们绕着湖一圈一圈地走，湖面平静，而我的心纠结得像水底下痴缠的水草，这次旅行，我是要去的，松开手吧，趁着还没走得太深入。别只

MOVE SLOWLY AND KNOW YOURSELF

顾着什么眼睛像那片湖一样蓝得巨好看,别只想着他那么温柔地为你搓脚取暖,您确定这事儿靠谱?您确定您那点儿破英语能克服中美文化差异的阻隔,建立起友谊的桥梁,走向美好的明天?长叹一口气,似乎没一条能说服自己。临行前一晚,和他对坐窗前,点根烟,空气凝结,安静得快要把人吸了去。死死地盯着眼前这个让我感觉那么不真实的人,我们那么不一样,肤色不同,语言不同,国籍不同,文化不同,还没来得及有太多的认识,而我明天就要走了,满脑子都是旅行的紧张和兴奋,几乎快要把他给忽略掉了。他望着我想要一个答案,而我却不敢看他,低着头,手指在地板上画着圈圈,哽咽着丢了三个字:"不确定。"

两张车票,两个不同的地点,故意给他订了先走的票,广播已经在喊着"开始检票",他把木讷的我从座位上拉起来,捧着我的脸,望着我,亲吻我,拥抱我,然后转身离开。我只是呆呆地站在原地,仍然内心纠结得一个字都没有挤出来,坐下来,继续看着他走远直至消失,没有伤心,没有眼泪,只是摸出手机来发了条短信:"我已经开始想你了。"

等我回来,若你还在。

Vietnam / 越南・越南

*MOVE SLOWLY AND
KNOW YOURSELF*

Vietnam
越南・越南

5."最隆重"的接待

我大学时所学的专业涉及中文,所以有幸拥有了两个国际同班同学,其中的这一位女生就来自越南河内,她有一个响亮而有革命韵味的名字——"赵英娥"。那时候因为她的长相活脱脱就像隔壁广西的邻里,所以倒没滋生半点儿拥有国际同学的优越感。毕业到如今已六年,我从未跟她有过任何联系,而在同窗的那几年里我仅剩不多的与她和大学有关的回忆总让我犹豫是否应该和她再保持联系。

回忆之一是我们上手绘平面创意设计课时,老师让我们用图形表达一个中文的成语,因为她只是勉强能说中文,对成语一点儿都不懂,于是我保持一贯不安好心的作风,内心窃喜却装出一副正经的样子把"不入虎穴,焉得虎子"给这位国际友人解释成了中国传统文化里残存不多的"生殖崇拜"思想……

回忆之二是这位国际同学和我们一起上古代汉语课,那些"之乎者也",对我们来说都不那么和蔼可亲,更不用提她,天天坐在那里听"天书",身未动,心已远。为了不挂掉这门必修但又肯定搞不定的课程,我向她建议去找老师说理,告诉老师她是外国人,求他网开一面,看在中越关系如此和谐的基础上,就让她直接坐上"直通车"。结果她在课后找到老师,说她是留学生,那不长眼的老师透过厚厚的啤酒瓶底似的镜片上下打量她后,一口咬定她不是留学生——装吧,广西的吧?结果各种折腾弄来各方证明,那爱国情怀泛滥的老师更是义愤填膺地高举右手作董存瑞炸碉堡状,嘶吼道:"越南人又怎样,既然你来了中国,就更要把我们传承了五千年的伟大中国古代文学学好、学精!"

MOVE SLOWLY AND
KNOW YOURSELF

进入越南的那天，手机里换上了新买的越南电话卡，揣着记着她号码的小本儿，迟疑了半天，还是拨了出去，通了："喂，赵英娥吗？"那边停顿了十秒，终于用不确定的中文问了一声："咦？你是哪位？"她真的是做梦也想不到，这个曾经整天想着怎么作怪的人会成为第一个来越南看望她的大学同学，并且如此隆重地从中国骑着单车来。好吧，我承认当年要她电话的时候，我也没想过会有这么感人的故事发生。我这个出了名的"冷血动物"，在全班哭得鼻青脸肿、稀里哗啦的散伙饭上，仍然全场无表情，置身事外地看着发生在眼前的一切。如今即使，无数的同学生活在同一个城市，手机里存着某些人的号码，但我知道，不会联系的，终究不会再联系，更不必刻意地联系。

我对与她的会面心情是忐忑而复杂的，可叶子却莫名地感到兴奋且好奇，为我还有这么一个国际同学感到艳羡，感觉各种"高大上"，围着我跳来跳去地追问了很多她的情况，比如性别，比如年龄，比如模样，比如婚否，甚至资产负债都刨根问底儿地问了一遍。可惜我知道得不多并且极力地把她描述得平淡无奇，但叶子却极有信心地认定，能到中国留学的越南妹子，家里再怎么差，也必须是"土豪""富二代"，对她满怀期待。

"皇上，您还记得那年大明湖畔的夏雨荷吗？"

也许多年后我也会这样问叶子："你还记得那年河内还剑湖畔的你和我吗？"

我想我会记得那两个带着惊悚表情扶着两辆载满破行李的单车青年，他们汗流浃背，顶着烈日骑过85公里的乡间，再穿越晚高峰期的摩托车狂流，终于在那个指定的地点会见了那个六年未见的同班同学。我可以毫不夸张地说，如果你有梦游的习惯，一下子惊醒在河内高峰期的闹市区街头，应该会吓得瞬间血压直冲脑门儿,一下抽过去。把画面调到从天空俯瞰地面,你就会知道什么是万箭穿心了,整个感觉就像被扔进了刚捅了一棍的马蜂窝,街道几乎全部被摩托车占据,你甚至看不到汽车的踪影。

赵英娥同学骑着小摩托出现,她的形象比我印象中的更多了一点儿女人的妩媚和温柔,说话还是那种怪怪的老外口音,当然在这样的异国他乡,这么多天来第一次用我们的母语交谈,再忆忆当年峥嵘岁月,总感觉卡在喉咙多天的刺终于给取了出来,看得出来叶子也格外兴奋。我俩都以为见着了英娥姐姐,我们就可以放松地享受她安排的大餐,吹着空调,坐在湖边,看着晚霞,手握刀叉,大虾大肉侍候,咖啡奶昔管够。

梦醒了,我哭了。

接下来的两个小时,英娥姐姐用越南最特别也是"最隆重"的方式迎接了"隆重到来"的我们,让我永生难忘。

如果你刚骑车到北京,一哥们儿热情地约你下午六点在天安门城楼下见面,还没来得及看毛主席一眼,便说:"嘿,哥们儿,没来过北京吧,让我带你骑车'领阅'我们帝都的著名景点。"我只能送他三个字:"我走你!"

只见英娥姐姐悠闲地骑上她的小摩托,戴着她一入车流便消失不见的头盔,只一句:"想吃的跟我来。"热情地带着我和叶子,赶着晚高峰期的壮观景象,把河内市区的胡志明纪念堂、中国驻越南大使馆、巴亭郡、竹帛湖、什么看清楚没看清楚的教堂、某某某广场,挨个儿绕了一遍。她骑在离我们十米远的前方,伴随着车流给我们解说,而我能听到的只是直插耳根的摩托马达声。来不及把哪儿是哪儿对上号,眼睛只顾着死死

**MOVE SLOWLY AND
KNOW YOURSELF**

地盯着她一不小心就被淹没的头顶，关注着前面随时变红变绿的交通灯，为了跟上摩托的速度驮着满车行李飞奔骑行，还得小心翼翼地躲避身边一直簇拥着我们向前的摩托车群，不时地往后看看随时可能走丢的叶子，当然还有他那张哭丧着写满悲愤的脸。

好不容易走到了一处休闲的湖边，我赶紧叫住继续往前并还在热情介绍当地风土人情的英娥姐姐，近似乞求地问姐姐这是要将我们带向何处。我们真的已经承受不起如此"隆重"的欢迎仪式，我们真的已经领略到了大越南大河内的翩翩风采，我看再这么下去，管他什么美女"富二代"，管他什么免费大餐，估计叶子都不要了。

我看到了英娥姐姐脸上怀疑的表情，她上下打量我俩表示遗憾："你们确定是打北边儿一路骑过来的？"

终于，英娥姐姐说："走吧，咱去吃饭，餐厅不远，再骑半小时就到了！"

悲剧还没有演完，还好有中场休息。

又跟着英娥姐姐绕过了大半个河内城，到了她工作的餐厅坐下用膳，把车停在门前，我感觉到了我的手脚继出发第一天骑行后的再一次打战。英娥姐姐在她姑姑的餐厅做大堂经理，不负责待客，主要负责员工的管理。我们跟随英娥姐姐进入餐厅，见众小弟小妹鞠躬行礼，便深深感受到了姐姐的强大气场。吃的是越南很有特色的古法煎鱼，只是英娥姐姐的餐厅改良成了新式的做法，更美味，程序也更讲究。以至于饿得两眼掉锅里的我刚伸出我的黑爪子准备乱抓点儿什么先放嘴里润着，就被凶猛如虎的英娥姐姐一声呵斥给制止了。

"你急什么,还没好,要先夹这个,再包那个,然后放点这个,才能吃。"

"!@#@¥#@%!!!!!!!!"(此处省去内心独白五百字)

所谓古法煎鱼,从所用的煎锅来看,倒没有半点儿的"古"色,不像中餐那么讲究,定会用个积着厚油的精致小石锅,锅沿还得刻上明清文物的图章字样。他们只用个小铝锅架在炭炉上,鱼块在滚油里煎炸,放点儿葱段爆香,待那鱼块在锅中噼啪煎得金黄时,才让我们夹起鱼块,伴着各种香草、脆花生,和着煮好放凉的米粉,再洒上鱼露或者虾酱,然后一口闷。味道不至于惊艳,倒还蛮值得一试,只是想想此前的遭遇,总无法平复我内心的愤恨,嘴上给英娥姐姐打了90分,但内心默默扣了无数感情分。

约来了此行第一个接待我们的"沙发客"Kien在餐厅碰面。他是河内地质大学的大四学生,我们等他入座后的第一件事便是急于询问住所地址,而后非常不幸地被告知,他们的宿舍坐落在山清水秀的河内郊外,从餐厅一路过去大约20公里……

我嘞个去!

(此处黑屏一个小时,因为我们在黑暗中再次跟随Kien的摩托车前行……)

MOVE SLOWLY AND
KNOW YOURSELF

6．重返课堂做越南大学生

给我的大胡子丹尼尔同学：

写下面这些文字的时候我正坐在河内矿业地质大学的教室里，老师在讲着即便说中文我也听不懂的内容。这是一个大学二年级的班级，大概有五十个同学，仅有两个国宝级的女生，一大帮的越南男生围着我，很激动地用英文跟我聊天，不断地说"我爱你""你很美丽"。也许并不是他们就真喜欢我这一款，只是词穷的时候，只能翻来覆去地说那几句。

这个男生越南名字叫Nam，是这个班的学生，和我们的"沙发客"朋友Kien一起租住在同一栋两层楼的集体宿舍里。他很单纯，很质朴。我发现他们学习很认真，和中国的大学生非常不一样，也许在他们的国家读书才是真正地意味着改变命运。我问他们为什么不抽烟、不谈恋爱，他们都说父母不允许，而且很花钱，并且总是强调他们学习很忙，没有时间去做这些无聊的事情。Nam的家离河内100KM，他却从来没有骑过摩托车回家，他甚至不知道他的家乡在河内的哪个方向。他的英文有很重的口音，他的英语老师告诉他，可以经常自己跟自己说话来练习。这里的大学，不管从面积还是结构上，都更像中国的一所简陋的普通县级高中，Nam所在的班级学习的是石油和天然气专业，学生们有固定的位置，每天坐在同一间小教室，认真地记笔记，认真地听讲。他们的老师是一个老头，看上去好像已经没有力气讲完这节课，讲得很慢，看起来也不是那么有趣，如果这在中国的大学，也许学生宁可选择睡觉，或者在下面拉个小手谈情说爱。你要知道在中国的大多数大学生，即使像我所在的那种重点大学，学生们也整天抽烟、睡觉、玩游戏，或者谈恋爱、看韩剧。而他们几乎全都会去上课，担心迟到，即使他们的老师并不会在课前点名。Nam告诉老师我们想要在这里听他上课，他很开心。

我和叶子跟着Nam进入学校，就像有什么大明星光临，感觉满楼层黑压压的男生在向我招手和呼喊，人头攒动，亢奋不已。我一踏进教室，Nam告诉他的同学们，我们将会和他们一起上课，激动得跳到桌子上尖叫和欢呼。我用英文做了自我介绍，他们也许也没怎么听懂，但还是很捧场地一直鼓掌，派代表围着我问问题，以围攻的方式不断和我合影拍照，从各个方向使尽全身的力气试图用他们的手一定要触碰到我的肩膀。在课间休息的时候，有人给第一排挨着女生坐的男生一个恶作剧，把一张纸条贴在他的背上，上面用越南语写着："我真的很需要一个女孩。"

我感觉我又回到了那个青涩的年代，想起一首中国的老歌《同桌的你》，想起一部台湾电影《那些年我们一起追过的女孩》。

我们坐在他们中间，我写我的中文日记，叶子在那里画上课的老师同学们的背影，在这里静静地度过这奇妙的一个小时。

嗯，快下课了，所以我要去感谢他们的老师允许我们坐在他们的教室里上课，让我有机会重新体验做一次大学生。

你的越来越黑的狮子妹儿
2013.3.18

MOVE SLOWLY AND
KNOW YOURSELF

Vietnam / 越南・越南

7.那些天，我扰乱了一片芳心

一栋两层破旧单薄的小楼，依次数过去每层5个小房间。每间房一张用长条板凳作支撑的破板床，一个带破马桶可以洗冷水淋浴的厕所，一个书桌，一个便携衣柜，一个简易灶台，被刷成暖黄色的墙壁，干净的地板砖，各种海报明信片贴了满墙。

就这里，10间房，住着20个干净的越南大男生，而我们借着"沙发客"的名义，顺利地混进了这套男生集体宿舍。

Kien，接待我的第一个"沙发主"，越南中部人，今年22岁，是一个大四马上就要毕业的学生，学习网页UI设计，还未结束学业，但已经开始工作，长得很像中国的一个明星演员冯绍峰。从一篇报道上无意看到一个台湾"沙发客"的经历，于是他开始用他的宿舍接待"沙发客"，其中以中国人居多，而他接待的第一位女性，叫作狮子，骑单车旅行，来自中国。

选择Kien也可以说是刻意的，虽然我发送了无数封请求信，也得到了很多友好的回应，但从看到Kien资料的那一眼起，我就好像知道他会成为第一任招待我的"沙发主"。

也许是眼缘，也许是我对大学生"沙发客"有特殊的好感，在我曾经接待的无数"沙发客"中，我最要感谢的是两个来自台湾大学的大男孩威恺和Eason，是他们改变了我对于旅行、对于人生的一些看法，放下了很多给自己设置的无须有的条条框框。如果旅行只是隔着窗户看风景，那

**MOVE SLOWLY AND
KNOW YOURSELF**

只能是一种形式上的经过，何不尝试停下来参与其中，对任何事物都保持着新鲜而接纳的态度。

Kien 为了接待我们，自己跑去和别的同学挤几天，叶子也发扬伟大的大男子主义精神，把床让给了我，把地板留给了自己。鉴于他如此绅士的举动，我把我舒适的充气床垫借给了他，因为他的床垫出来几日就感觉像是吃了泻药，并且从此一泻不振，每晚都用脊梁和肌肤无限地亲近大地，问候大地母亲，以至于后来路上突然问到叶子有何愿望，他只是悲切一句："我就想要张床。"

我们在河内停留了四日，偶尔骑车到市区乱晃，逛逛寺庙，环环西湖，补给装备，换换钞票，英娥姐姐因为日理万机，只在临走前再匆匆一见，还细心地为我们各自准备了两份小礼，同时也在我们的胁迫下，为我们用越南语翻译了一篇情真意切的介绍信。此后日日找人家，只需往人家门前一站，先呈上小本儿，再迎上笑脸，嘿嘿赔笑等着对方阅完，比个"OK"，就如拿了通关宝典，一路畅通无阻。当然还补上了一些又急又不好用肢体表达的词语，比如"卫生间""擦屁股的纸巾""洗热水澡""请我们吃饭""我们没钱"。

其余的时间，全用在了和这群可爱的大学男生们一起喝茶聊天，骑单车去学校上课，去菜市场买菜做饭，像一个临时的扮演者，融入他们的生活，旁观他们一切日常生活的点点滴滴。也不知是否是异性的造访，扰乱了这一片纯洁的芳心，那几日，整栋小楼都能闻到青涩的荷尔蒙味道在飘，时不时会有几个身影，假装不经意地晃过我们的门前，或进我们的房间，只是和别的同学聊聊天。

临别前的一晚，几个男生跑来邀请我们上楼顶天台喝酒唱歌，我忘记了

Vietnam / 越南・越南

那晚天空中是否有月亮和星星，只是觉得那几张脸就那么清晰地印在我的心里，他们用越南语唱可爱版的《两只老虎》，也会害羞地像女生一样乱窜，我故意问他们看不看 A 片，全都羞红了脸。不过这个内心世俗而丑陋的叶子，竟然在临走前给他们拷了几个 G 的片，还美其名曰打破国界，资源共享，共谋发展。

临走，我们正收拾东西，一个并没有很多交谈的小胖男生走到我的面前，求助 Kien 帮他翻译他要说的话，而他已经将他想要说的用在线翻译软件翻译成了中文的拼音，然后像一个刚刚学语的小孩儿认真地照着他手抄的小纸条一字一顿地念，刚开始问了我几个类似于"你喜欢越南吗？"或者"你觉得越南人怎么样？"之类的大问题，我认真地用英文回答，再让 Kien 翻译给他听，他认真地看着我就像我是正在给他上课的老师，然后最后说出了他的请求，因为他的音调有问题，所以一开始我没有听明白，直到 Kien 告诉我，他想请问我可否给他一个 hug（拥抱）。我很开心地带上我最诚挚的微笑张开双臂迎接他的拥抱，他上前一步，紧紧地抱着我，头埋在我的肩上，全身都在止不住地颤抖，我惊愕得差点儿当场掉下眼泪来。

和 Kien、Nam 互赠了小礼物作为感谢和纪念，叶子画了速写，我再加上一点文字。Kien 送给我们每人一张防晒的方巾，写上一堆我们看不懂的文字，至今也还没人帮忙翻译。

他们是在越南首都河内读书的大学生，他们喜欢中国，他们没有仇恨，在他们的眼里，我们是来自外国的年轻大哥哥、大姐姐，我们让他们知道了，生活不只是他们所知道的那几百平方公里，生活也不只是吃饭、学习和 facebook，也有摇滚、单车、旅行，还有黄片。

MOVE SLOWLY AND
KNOW YOURSELF

青春·正能量
年轻赋予了我们无限的能量，
让我们的思想冲破一切阻挡，
飞向远方，
凯恩，Kien，
我们相信你的未来必将万分精彩，
如我们想象！
梦想，青春，翱翔。

2013.3.23

Vietnam / 越南·越南

8.前方出城，进入山区

从A点到B点，有的人选择抄近道，有的人选择平坦的路面，有的人查了攻略觉得没有什么"死之前必须得去的景点"就干脆坐着车直达B点。而对于我们，A点已过，B点自然会到，两个无牵无挂的人，最富有的就是时间，便在A点与B点之间，寻找那些可以连通的细线，也许会多绕几百公里，也许罕有人烟，也许没有风景，也许险象环生，也许没有Wi-Fi，没有旅店，也许没有攻略可以参考，而这却正是我们此行最想要走的理想"弯路"。

从河内到顺化，从地图上看，可以直沿着海边走，比较近，当然我们也查阅了一下其他单车骑行越南的帖子，大多都是搭车略去了越南中北部的这一大段。在更靠内陆的那一边，有一条"胡志明路"一直贴着越南与老挝的国界向南延伸，从地形图上来看这一片应该都属于山区，全程比海边要多绕将近两百公里。越南的整个版图呈"S"形，而从顺化开始整个越南南部便一路都是靠着海边的著名景点城市，不想一路沿海的我们，最终选择了出河内城，向那条没有攻略、没有介绍的胡志明路挺进。

整个在山里骑行的日子，800公里，我们骑行了11天。

胡志明路虽然穿梭于山区，但也非如我们望着地图所想象的那样。全程没遇到过任何超过10公里的上坡，路面平坦，车辆较少，沿途虽然没有什么大城市，但也分布着密密麻麻的小村镇，风光和广西相似。远处小坨的山包连绵，眼前道路两边绿油油的稻田像地毯一样铺开，伴着清脆的蛙叫虫鸣，进入越南时才开始春播，这里却似快要到了收获的季节。空气湿润清新，小河弯弯曲曲波光粼粼，田野里尽是如电影画面里的戴着斗笠劳动的妇女。

MOVE SLOWLY AND
KNOW YOURSELF

可不管多美的风景，天天千篇一律，你也无法再发出歇斯底里的赞美。

这段日子并没有什么太特别，可这11天却成为了整个越南骑行中，我们最怀念的时光。早上很早起床吃完早餐，慢悠悠骑一段，或找个乡间的咖啡馆消磨一杯滴漏咖啡的时光。咖啡往杯子里一滴一滴，翻开带着墨香的书一页一页，或者拿出本子写写日记，中午十二点准时吃饭，睡个小觉，再接着骑行。每天不管骑多远，80公里还是120公里，不管身在何处，准时下午五点半开始找人家住下。没有太多旅行的奔波，倒更像是成为了一种有规律的生活方式，就像一部没有台词的越南电影，清晨的红木窗前，只一片天光，无人的小院，噼啪的柴火燃烧，青木瓜浸出的一滴乳汁。

有谁规定了旅行一定只是短时间的一种出走呢？为什么我们就不能保持一种忘却目的地的匀速前行？即使人生就是一场马拉松，我们为何又非得要赢？

我问叶子对这段骑行是什么样的感觉，他说就像回到了高中生活，每天骑着单车去十几公里外的小镇上学，下午放学了再骑着单车回家。而这11天出现在我的脑海里，总是布满了金色的阳光和孩子的笑声，时光倒转，我好像回到了本来没有太多记忆的童年。我的童年记忆里虽然没有玩具、没有糖果，却有爸爸骑着一个破旧二八圈的凤凰老自行车，我站在后座，手圈住爸爸的脖子，一圈一圈又一圈地围着那个当时看着很大的操场不停地转，破旧的自行车发出像火车一样的声响"轰隆隆，轰隆隆……"，我在后座发出咯咯的笑声，模仿着破单车的火车声音。有一晚我们在一个农家扎帐篷，叶子睡熟了，我起夜走向田野，一抬头看到稻田里成千上万只如繁星一般的萤火虫，我竟像个孩子一样，开始奔跑、追逐，好像在宇宙星空里一般梦幻。

这11天，我们全程都"借宿"在当地人的家里，自然也参与到了11个不同的家庭生活，就有了11个有小惊险却充满更多温情的故事集。

Vietnam / 越南·越南

对于借宿在当地人家里会不会觉得危险这个问题，我是基本没有考虑过，不管这个社会如何考验我们的承受底线，但我仍然相信人心本向善，只要人人都秉持一颗真诚的心，自会解除各种矛盾和本不属于我们的那些仇恨。并且对于他们来说，也许还要子子孙孙长久地生活在这里，而我们只是匆匆过客，再加上就我们这一身行头，连让人产生一丝犯罪动机都难。如果有人看我们太惨，产生怜悯、同情，施舍点儿给我们，倒更显得符合逻辑。

而对于我和叶子来说，如何走到别人家门前，怎样开口，打破僵局，让对方信任长相凶残、推着破单车、吊儿郎当的我们，才是真正值得探索和思考的重要问题。

请注意，前方出城，进入山区……

MOVE SLOWLY AND
KNOW YOURSELF

9. 越南山里人·就爱卡拉OK

从河内出发的第二天，我们还没有真正进入胡志明路，路边的婚礼大篷好不热闹，正好我和叶子还没用午餐，本想顺便蹭个婚礼，了解一下当地的婚俗人情，结果刚一凑上去询问情况，一群已经喝高的年轻人便把我们团团包围，都不跟我们商量，直接热情地握着我们的手，大声齐喊："卡拉OK，GO！GO！GO！"我难忍自己无处安放的好奇心，再回头看看叶子，好吧，咱也瞧瞧越南KTV是啥血型。以为就在旁边，结果跟着这群人往回骑了起码5公里，我紧紧地跟着前面骑摩托已经远去的人影，叶子远远落在后面差点儿放弃。最后还是坚持到了那个巷子深处的下午场KTV，外部环境像我们的农家乐旅馆，里面是小平板电视和沙发，以及一个被垫高的演唱台。

这里的KTV不像中国的触摸屏点唱机，他们点歌得用喊，不知道是有对讲机还是什么系统，总之只需要坐在包房里用话筒喊他们想要点的歌名，总台就会有人操作为他们播放。越南人唱K根本不需要暖场，没有扭捏，开场便是热舞加飙高音，我和叶子默默地坐着，一直扫视着桌上有什么可以勉强填肚子的食物，结果吃了满肚子的冰和水果。他们非常热情，一定要我们加入他们，叶子被拉到那个舞台上肢体残障地跟着乱舞。我则被硬性要求跟他们合唱一曲，点的曲目是《上海滩》，虽然是我的拿手曲目，可惜此MV可非中国版，已经被重新编曲为越南语，画面上的男女主角站在一个剧场的舞台上，男主角学着发哥，梳着油头，穿着长袍，裹着白围巾和女主角深情对望，又依依不舍。我被逼无奈，只好凭记忆用粤语和其中一个越南男生完美演绎了一曲中越男女对唱。结果是，不久之后，他们换了一个人，点了同一首歌曲，我又只好苦笑着再陪唱一次。

Vietnam / 越南·越南

如果说和那群越南年轻人一起去 KTV 唱卡拉 OK 是一次偶然，那遇到越南人唱卡拉 OK，那基本是每天上演的必然。不管是在路边小卖部，还是咖啡馆，卡拉那个 OK，无处不见。

一次午饭时间，我和叶子在一家本没有客人的冷清露天餐馆吃饭，风格基本等同于我们的路边摊儿，饭后要了两杯咖啡接着小眠。没想在这下午三点的时候，一群看似刚从地里忙完农活的大爷大妈大约 10 人，扛着锄头、戴着斗笠、围坐成一排，一人一杯咖啡，紧接着便打开了一个隐藏得很深、我们没有发现的 19 英寸小彩色电视机，两只有线话筒，挂墙上的两个音箱，震耳欲聋的乡村越南卡拉 OK 就开始了。一点都不夸张，那气势绝对不输近距离地欣赏中国大妈的广场舞。

每天借宿的路边，不远处的小卖部，甚至只是吃粉的早餐店，越南人总是不分时间、不分场合、不分人群，生活里处处都是卡拉 OK，越南人的人生里不能缺少卡拉 OK。

MOVE SLOWLY AND
KNOW YOURSELF

10. 一场没有新人的婚礼

码表显示，我们就要骑到第一个1000公里了，已经忘记出来了多少天，要让自己安心，就得忘记日历，忘掉我们本来的身份，忘掉整个旅行，把骑行当成一种日常的生活，像游牧民族那样，草原和山野就是我们的家，草在哪里生长，哪里就有我们的牛羊。

女人的第六感是真实存在的。为了纪念这即将到来的1000公里，早上我又打开了小狮子采访电台，问连线嘉宾叶子，今天有什么愿望？叶子说不如就来一场酒池肉林吧！嗯，我像个女巫一样，在心中翻着塔罗牌，然后神叨叨地跟叶子说，我预感今天会有人邀请我们参加一场婚礼。叶子将信将疑地看着我："我的好兄弟，就靠你了！"

近午饭的时间，我俩正饿着四处搜寻养眼的饭馆。只见一辆又一辆贴着喜字载满客的小巴婚车呼啸经过，我已经在空气里闻到了肉香，叶子也警觉地打开了他的搜索雷达，小心前行。果不其然，没骑出去多远就在一个路边看到了一个婚礼的大篷。

我们纯熟地推着车，一副苦行僧样，厚脸皮地凑上去，往里打望，一切目的早已清楚明了地写在了我们的脸上。好运地遇到新郎的姐姐会说英文，直接就邀请了我们参加婚礼。我一脸坏笑地朝叶子使眼色，看吧，人生就是这样，有苦难也有希望。

整个婚礼现场就是依着路边搭建的临时大篷，各种大红大绿的绸缎层层叠叠，各种颜色鲜艳的假花把现场装饰得喜气洋洋，人的脸被映得红红

Vietnam / 越南·越南

绿绿，像坐着满屋子的美元和百元人民币。没有所谓的舞台，只在大篷的正中间挂着新郎新娘的结婚照喷绘画面。整个大篷内摆满了临时的桌凳，大概能一次性容纳100人的阵仗，大篷的背后是为这个婚礼备菜的强大而忙碌的厨房，像极了四川农村坝坝宴的流水席。

我们刚一入坐，就为我们开席用膳，标准配置是10人一桌，结果竟为我俩专门席开一桌，还有冰水伺候。全程有新郎姐姐为我们用英文介绍越南农村当地的婚礼习俗，我估计就算那些外交官出访这里，也差不多就这待遇了。

所有的菜都已经提前准备好，用保鲜膜包裹，一桌一共10个菜左右，七荤三素，还有糯米饭和黄粑。虽然也算不上什么大餐，但这顿已经基本算是我们入山以来，甚至是出行以来吃得最丰盛的一顿了，猴急的我们，只管撩起袖管，拿着筷子就开动，没怎么听姐姐说话，那架势就是灰太狼见到一窝子的喜羊羊。

当然也不是完全白吃的，付出的代价是叶子成为了整个婚礼的首席摄影师，全程为各位亲朋好友们拍照。新郎的老妈是个无比妖娆的中年妇女，皱纹明显，妆容浓烈，穿着绿色透明奥黛，内穿bra清晰可见，一看到她，我的脑海里就蹦出一个词："蜘蛛精她们妈！"只见她全程带着骄傲而愉悦的表情，但不像是娶儿媳妇该有的神态，总觉得像花钱找来的妈妈桑做临时演员，那个水蛇腰扭啊扭，那个笑声在大篷上空荡啊荡，让整个现场充满了青楼的调调。她一直试图搜寻着叶子镜头的方向，总能合时宜地出现在画面的中央，试图证明老娘才是今天的绝对主角，并隔着镜头向叶子一次又一次地抛媚眼儿打情骂俏。我在旁侧解读到的潜台词是："臭小子，你吃我的喝我的，那就是老娘雇来的，你不多拍拍我，你拍谁？！"

**MOVE SLOWLY AND
KNOW YOURSELF**

我们本期待着能看到什么特别的婚礼仪式，可在那里蹲点了大半天，卡拉OK的音乐开得震天响，现场除了新郎的老妈和姐姐，全程不见新郎新娘的踪影，倒是大篷门口一车接一车的小巴运来一波又一波来道贺的亲人，向那个心形的捐款箱里投下一个又一个的信封，并且大家都非常有默契地吃完就闪，桌子一清，再一桌同样菜色补上。后来问了新郎姐姐才知道，他们这里农村的婚礼仪式就是吃，接待的工作主要由男方的家人负责，酒席摆三天，新人只在第二天的早上会与大家见个面，唱个歌，每一天他们都要接待大概600人。不敢想象，这1000多人的势力得辐射几条村啊，于是那句"杯子绕地球两圈"的广告词被我在脑海里换成了来吃酒席的越南山里人。我看就算把什么洪兴东兴帮的古惑仔叫来群殴，也不见得能冲出重围。

现场有很多的老人穿着传统的服饰，包着头巾。越南农村老太太特别喜欢嚼槟榔，曾有一次我和叶子骑行在路上，看着俩老太太一边满口吐血一边笑嘻嘻地牵手过马路，把我吓得差点儿报警叫救护车，结果只是虚惊一场。虽然现在我已经可以适应满屋里坐着无数"吐血"的老太太，但那画面难免让我感觉血腥。我也拿了一片放嘴里，试着理解她们爱这东西的道理，可那感觉如同在嚼一片加了麻药和酒精的硬纸片，不一会儿就开始吐血，不到十分钟就已经麻得找不到我的舌头了。

时间已是接近晚上，我们跟狗仔队抢新闻一样原地不动，转动着两眼盯着整个婚礼的进展，却毫无新意。最终我们还是放弃了连蹭三天的念头，告别了这一场喧闹而没有新人的婚礼，继续上路寻觅住处。

Vietnam / 越南·越南

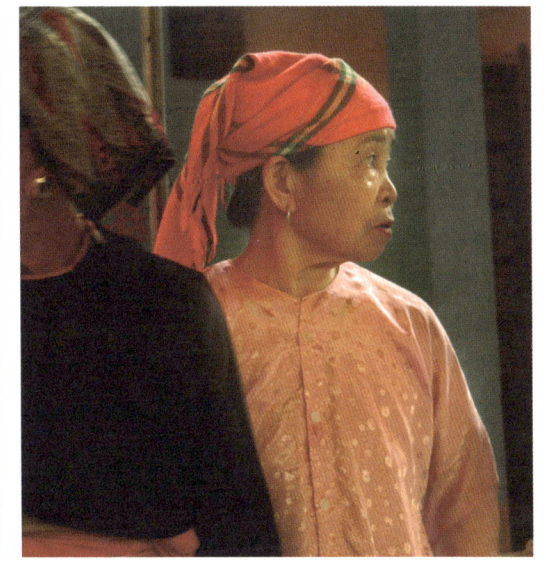

*MOVE SLOWLY AND
KNOW YOURSELF*

11. 越南山里人·起得比鸡早，吃得比虫少

"哈~~！""碰~~！""哐~~！""哔~~！"

N种版本的各种声效，成为了在山里每天清晨的大自然闹钟。

无数次的清晨四五点，我都会被类似的声响从睡梦中惊醒，披头散发地半坐在帐篷里，一身怨气地裹着我的睡袋。睡眠不足，加上每天发生位移，会很容易让人忘记自己的身份。用半个小时带着忧怨的眼神看着自己的双脚，开始回想昨晚发生了什么，为什么我在这里，睡我旁边的这个男人是谁，帐篷外又会是在哪里。

越南人睡得并不早，通常我为了等他们睡觉再去撒尿会把我憋到脸发紫、腿打颤，他们还像精神抖擞的猫头鹰一样关注着我们。骑车容易饿，也容易困，而我特别羡慕叶子不太有睡眠问题的困扰，基本定时每晚十点就入眠，比《新闻联播》还准时！对于我这个平时习惯了黑白颠倒的夜狮子来说，在越南的骑行真是莫大的痛苦。在叶子慢慢消退了脂肪含量减弱了他每晚摇滚电台的音量之后，我可以稍微舒坦好过一些。我们通常都是在公路旁沿途寻找住宿的地方，有时候帐篷甚至就扎在紧贴着公路的路沿。卡车经过，车灯忽闪，亮刹一片，再伴着如碾压机一样的3D音效，随时有一种被正房拿着手电筒带着一帮兄弟来我们帐篷里捉奸在床的感觉，惊慌失措。

不管这帮越南人凌晨几点才关掉那个叽叽呱呱的电视机躺下睡觉，早上却都起得出奇得早，刚开始的时候还只是五六点起，在院子里

"哈！""哈！""哈！"地在自己做的简易竹竿单杠上做着引体向上或者抬着煤气罐练习臂力，到后来更是四点多就起来开着电机在我们帐篷旁切割钢板，火花四溅。我们每天基本不到七点就得带着一副罪恶感地爬出帐篷，那感觉比上班迟到被扣钱还内疚，总觉得他们把我们当成中国人民的代表，非要在起床这件事情上跟我们较劲，看看吧，你们这睡垮掉的一代就是中国的未来！

这11天所住的地方，基本都前不着村后不着店，所以收留我们的人家连带着把我们的饭也管了。管饭乍一听是好事儿，但有好处，也有坏处。好处当然是为我们省了不少的银子，11天加上泡咖啡馆、喝奶昔、吃午饭、吃米粉我们一共才花了两百来块钱，但坏处是我们没有选择，给什么吃什么，给多少吃多少。而最让人感到绝望的是，越南人的家庭不管是贫穷还是富有，他们都有一个共同的特点，就是：吃！很！少！倒也不是饭吃得太少，而是他们的菜太少！刚开始我和叶子以为是因为我们借住的地方条件太差，才导致他们节衣缩食，可后来发现即使是条件优厚的家庭，也基本是同样的状况。我们两个人加上他们一大家子，最少的时候是五个人，最多我记得有八到十个人，地上铺一张草席，草席中央一个铝盘，标配就是一荤一素或者两素，加一碟鱼露，并且这个"一"也是属于分量有限的状况。

我们每天踩车体力消耗巨大，而我比叶子的饭量更大更容易饿。早上我们通常在路边吃个米粉，可是越南的米粉也是很舍不得放粉，永远只有那么一小把，真抠，可肉倒是不含糊，再配上一堆"草"，一碗下去，身和心仍然皆是空。差不多从早餐开始我便饿着了，可也克制着没有吃两碗填肚，中午一般都是我补充体力的最重要时刻，能吃一碗，就塞两碗，能吃两碗，就塞三碗，因为一到晚上，我们就只有心中诵经听天由命。先诵经祈祷今天的人家多给点儿吃的，然后诵经今天的人家早点儿吃，

MOVE SLOWLY AND
KNOW YOURSELF

开始吃的时候为自己诵经别管脸皮厚不厚先把肚子管够，当那点可怜的菜快被消灭时，就开始对自己诵经菜没了饭还管够，多吃饭，爱上米饭，忘了你是头爱吃肉和红油的狮子。

相比叶子，我还相对厚脸皮一些，叶子不知为何，平时骑着车像个混世的大佬，可正该出手时却谦卑了起来。我一般上席说一声"感恩"（越南语的谢谢），就像说感谢主赐予我们食物一般，然后就顾不得去仔细打量主长什么样了，埋头便对肉类先发起主攻，骨头多的不好下口的、耽误时间的，都先撇一边，如果遇到吃鸡，那定是鸡腿先抢一个放碗里，所以我最不希望看到主人端出一条鱼。

越南人偏爱吃鸡，几乎我们碰上吃肉的家庭，十有八九都是吃白切鸡，可这越南鸡可不是什么好鸟。第一天我们蹭住在一户人家的院子里，晚上没注意，第二天一起床，一堆没毛的粉红皮鸡绕着我们的帐篷像在跳火把舞一般，把我恶心得胃里好一阵翻腾，心里发毛。问他们为何越南的鸡都没毛，是品种问题，还是药嗑多了？人家理直气壮地解释说他们的鸡都太好强，火气旺，所以平日里总喜欢大打出手，团伙斗殴，于是剩下的鸡，虽然能苟活，但剩下的毛都不多，还宣称绝对的纯天然放养，品质保证，个头儿虽小，可营养价值极高。我只能勉强安慰自己，越南鸡也喜欢洗剪吹组合风格，管它有病没病是肉就行。

这些家庭里的男主人都很喜欢在吃晚饭的时候喝点儿小酒，什么酒都有，主要是自家酿的粮食酒，当然比不得我们中国的白酒，入口烈，烧口烧心。本来平日里我也喜欢小酌几杯，可这里毕竟是越南的山里，大多数的男人还是有很强烈的大男子主义思想，也许在他们看来女人就不应该和骑车喝酒这样的词语搭配在一起，我倒也乐得省下了不少时间多夹菜。这可苦了叶子，不管什么酒，男主人总是拉着叶子喝，叶子虽然不喜欢喝酒但也不好推托，一杯接一杯，还得一直"中国""中国""越南""越南"叽里呱啦地聊上一整晚。经常饭还没动几下，脸已通红，等反应过来肚子空空时，桌上已是肉去盘空，回头看，米饭也空空。

记得有一晚蹭住了一家餐馆，女主人不光会说中文，还烧得一手超级赞的红烧肉，我连话都顾不得说，先把嘴给塞满，晚上叶子气急败坏地直蹬脚，靠，刚才一客气，你丫就全给和谐了！

没办法，老叶，这是一个弱肉强食的世界，要面子，还是要肚子，你总要有一个抉择。

虽然总的来说我比叶子吃得稍饱些、稍好些，但每晚仍然注定在饥饿中度过。有一晚在帐篷里，我饿得翻来覆去地睡不着，可也没有任何东西可以垫肚，开始号叫，叶子裹上睡袋双眼一闭，一副过来人的神情对我说："知道为什么穷人家的孩子那么早睡觉了不？"

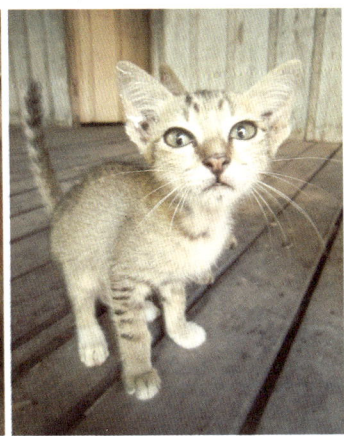

MOVE SLOWLY AND
KNOW YOURSELF

Vietnam / 越南・越南

12. 最后的时光

叶子哭了，花也哭了，
连水的泪都快流干了，
所有美丽的
和自认为美丽的东西，
都出来吧，
我们一起等着
最恐惧也是最安详的
时刻的到来，

或许那一样的没有意义，
或许一样的讲不清道理，
或许现在就是个错误，
或许将来也是个错误，

可我，
可你，
还是……

在床上的时候我就想，
那里会是什么样子呢？
我的爱人在那里
又会是什么样子呢？
一切都是未知的，
不能预见的，
不可想象的。

在厕所的时候我又想，
我得到的，
失去的即将不存在意义了，
我的躯体不会再有意义了，
我的思想也没有意义了，
我的灵魂还有意义吗？

我的至爱还有意义吗？
我的爱人还有意义吗？
我的小拇指还有意义吗？
你的爱心还有意义吗？
你的无聊还有意义吗？
你的自卑还有意义吗？

在坐公交车的时候我想，
眼前的人会有意义吗？
眼前的楼房还有意义吗？
我的啤酒还有意义吗？
我的香烟还有意义吗？
我的惭愧还有意义吗？

上班的时候我会想，
我的同事还有意义吗？
我的科长还有意义吗，
我的处长还有意义吗？
我所有的领导还有意义吗？
这个办公室还有意义吗？

在做音乐的时候我想，
我的吉他还有意义吗？
我的效果器还有意义吗？
我的摇滚乐还有意义吗？
我的理想还有意义吗？
我的所有还有意义吗？

——摘自惘闻乐队《垂死的岁末》

MOVE SLOWLY AND
KNOW YOURSELF

给离我越来越远的丹：

这几天感觉心情很低落，前几天得知一个素未谋面一直默默支持关心我的朋友得了癌症，也许只剩下最后半年的美好时光。迫不及待地给他去了电话，这只是我们第一次的通话，此前其实也只是网上有过几次不算深入的乱侃。电话接通，那头传来他还慵懒躺在床上的声音，好似他的时间还可以这么随便浪费，好像这一切只是在谈论一个发生在别人身上的故事。没有常规的寒暄，总觉得我已经不能再花时间去慢慢认识他了，就这么好似我们是相识已久的好友，他还没心没肺地抱怨我打昂贵的国际长途浪费了钱。

聊到他的病，聊到可能很快就会结束的生命，就好像只是辞掉一份工作一样简单，我不知道该说些什么，面对他的坦然和坚强，虽然我不清楚他是假装的还是真的那么平静，我感觉一切温柔的语言和关怀都是那么无力，安慰有用吗，一切的一切又有意义吗？我不想宣扬我的善良，虽然用电蚊拍杀苍蝇时，我会因那种杀戮而发出的啪啪声感到兴奋，可我仍然会因为世界另一边与我人生毫不相干的一个青年的无辜死亡感到难过，更何况他与我还有那么一点千丝万缕的关联。

我本想如果换作是我，也许我会不假思索，就会决定花光我所有的钱，尽情地享受我最后的人生。这一切听起来是那么理所当然的答案，这不是属于我的最后时光么？可他说他要先回家同父母商量一下，再做下一步打算，也许父母不太能理解，更希望他能积极配合治疗，能陪在他身边走完这最后的一段。

是啊，我怎么居然完全忘记了我的父母？我忘记了我的生命不只是我在乎的，它也是我父母所珍惜的。在中国我们说："身体发肤，受之父母。"

Vietnam / 越南·越南

也就是说，你的生命是你的父母给的，我们不能随意处置我们的身体。即使你即将死亡，你也应该获得父母的理解。从某种意义上来讲，面对死亡，做不管不顾的任性决定，是不是也算是一种自私？

早上QQ上收到爸爸的消息，问我到了哪里，还进我的QQ空间翻看了我的照片。突然很想念他们，可电话没有接，在越南中部的山区很难找到Wi-Fi，好想让他们听到我的声音，告诉他们这里一切都好，不必担心。

我在想，如果我突然被告知我只剩下三个月或者一年，我会如何去安排我剩下的时间呢？

让我想一想，就让我胡思乱想吧！

也许我会先躲起来，一个人哭泣，哭几天几夜，不吃不喝，一直问自己为什么是我？这是真的吗？我还那么年轻，我还没来得及去看清这个世界。你知道我仍然是一个没长大的孩子，哭，是我最直接没有掩饰的表达吧。接下来也许我会立马收拾东西跑出去，也许心里还是会期待着发生奇迹，也许是想去寻找一个我想在那里死去的地方。我想我不会想要告诉陌生人我就快死了，我不希望别人会用奇怪的眼光看我。我不想要待在父母身边，因为他们知道我快死掉的时候会一直伤心，那会让我更难过，让我每天想到无数遍死亡。我想我会希望你在身边陪着我，一起走到最后。也许我会害怕时间太短，我会想把所有想对你说的话都说出来，每天说很多次我爱你，我想和你一起去做所有我想做的事情，让你有更多关于我们的回忆。当然我相信你会比我爸妈坚强，你一向这样，充满了正能量。当然我也想在死之前得到你更多的爱，我不能忍受在最后的日子还像现在这样分隔两方。我想每天亲吻你，抱着你入睡，在梦里抚摸你的大胡子，在你温暖的注视中醒来。

MOVE SLOWLY AND
KNOW YOURSELF

如果是现在就结束我的生命，也许我最大的遗憾是我还没有过婚礼，虽然你说结婚就是一种形式，可我觉得如果在我死去的时候我的一生没有婚姻，好像还是少了点什么，我想知道有人牵着我的手在所有人面前宣誓会照顾我一辈子是什么样的感受，虽然一辈子说长不长，说短也不太短。

我想要和你有一场属于我们的婚礼，我想穿上婚纱，化个淡妆。应该是在湖边或者海边，有我在乎的亲人和朋友的祝福。如果时间还来得及，我希望我可以有我们的孩子，即使我不能陪着他成长，但是我可以最后看他一眼。希望在他长大的时候你可以告诉他、给他妈妈的照片，给他讲讲妈妈当年各种牛X的故事。当然也别忘记了告诉他，他的成长永远别指望他妈，他妈是一个不负责任，一生下他就撒手不管，只顾自己开心的败家婆娘。

也许能说出上面的这些话，只能说明我的"最后的时光"还未到来，一切虚幻得像一个无厘头的电影。

如果一切真的就随着生命结束了，这一切对于我又有什么意义，对于活着的人又有什么意义？

如果换作是你，你会怎么想呢？你会怎么安排你最后的时间呢？

胡思乱想很多的狮子
2013.3.26

*MOVE SLOWLY AND
KNOW YOURSELF*

13. 烈日和霉菌，咖啡和奶昔

越南的雨季还没来，对这边的天气脾性也毫无了解。连下了几天雨，不痛不痒的绵绵细雨，雷声放屁般沉闷，郁闷之极毫无气概可言。雨无论大小，落下来就是水，不择细流。检验驮包防水工程的时候到来了，结果溃不成军，里面的东西全部洗劫一番，不敢想象到了雨季的时候会是什么状况。防雨设备形同虚设，纯属豆腐渣工程。淘宝淘的破驮包，就是图个便宜，花的钱还不及专业驮包的一个零头，挂钩个个成了"耙耳朵"，一路掉一路捡勉强撑到了最后，更别提防水功能，两个跟一次性内裤一样的防雨罩，没多久就破败得只剩下那圈可怜的松紧带，只能见招拆招，驮包再加上内防水袋将就凑合着用。小沈阳再火也不可能变成梁朝伟，纯种屌丝就永远成不了高富帅，顶多能伪装成越南"洗剪吹"，不像路上遇到的欧美骑友，个个都是一身高精尖的专业装备。

下雨骑车倒是没什么，但潮湿天气就是霉菌疯狂交配的季节，在我们的驮包里没几天就过了孕期开始产卵下蛋，儿孙满堂。研究下，霉分白霉、黑霉，两者从不矫情，任何猥琐、阴暗、潮湿的地方都有建树，繁殖之旺盛，生命力之强，实在感叹之余又恨之入骨，娘咧，俺们天天辛苦踩车，尔等倒会享乐，成日在我们驮包内尽干这等男女苟合偷欢之事！我带了两双没能穿上两天的布鞋，鞋底的白霉已经够炸一锅美味的长沙臭豆腐了。叶子比较惨，带的衣服大多非快干材质，洗了几天也不干，黑霉长满身，看着总显脏，放驮包里捂着更不可行，会捂出一股地下室苦 X 小青年的味儿。于是叶子自创移动式豪华晾衣台，把所有未干的衣服全挂在后驮包顶上，骑车的时候有风，阴天衣服基本两天能干，多的时候挂了 6 件衣服，简直是五花八门，整个车瞬间缺失了美感，叶子成功演绎了如何从猥琐大叔一秒钟变成"越南版苏乞儿"。

下雨是不想骑车的,一不需要赶路,二是没多大意思,后来干脆碰到丁点的小雨就不走了。有时候在某种心情的发酵下喜欢飘点小雨的感觉,够安静,也想停下来发呆,找咖啡馆子去。越南的滴漏咖啡如它的名字,极其简易的过滤装置,将咖啡渣装在上面,只用温开的水,浸着咖啡粉一滴一滴地往下渗漏,没有压力,当然也没有半点浓缩咖啡味,50CC 也要耗费个半小时,带着巧克力香味的咖啡再加上铺得厚厚的腻得要死的炼乳,再加上大半杯的冰块,倒别有一番风味。我平时对咖啡已经是依赖成性,一直用咖啡唤醒我的每个清晨,口味也偏重,平时基本只能喝加一点点奶的纯黑咖啡才能有点振奋人心的作用。到了越南,也慢慢开始适应这甜腻腻的滴漏咖啡,并试图影响叶子接受每天花三块钱喝一杯,浪费掉每天上午一个小时的苏醒时光。

叶子以前觉得大多人喝咖啡只是为了装 X,或者应该是贵族才会喝的,喝一杯黑咖啡放半斤糖,苦得喝不来,要么就是 G7 速溶搞定。正巧越南人放大量的炼乳,倒成全了叶子的咖啡入门。越南咖啡厅像中国的茶馆一样生活化,不管是在城市还是乡村,可以没有饭馆、没有小卖部,咖啡馆子却像野花一样开遍山野。

有几天天气非常炎热,越南的夏天在 3 月已然到来。中国的西部地区虽是阳光猛烈,躲阴凉处倒凉爽宜人,但越南的热不同,每个角落都像被热水炸弹轰炸过一样,热浪铁板烧式辐射,桑拿锅炉式干蒸让你无处可避,躲在冰箱里才是最佳方法。加上身体运动发出的热量,总觉得以当时的体温让我去北极融化掉恐龙大小的冰块是没多大问题。撇开啥中暑头晕等症状不说,裸露的双手就是没加酱料的新奥尔良烤翅,煞是好看,骑车饿了瞅着那手可有满足感。长袖是穿不上了,带上的那些衣服从头到

MOVE SLOWLY AND
KNOW YOURSELF

尾都没机会拿出来过，全程又薄又透气又酷的文身袖套是我们俩的最爱。手臂算是有了基本的防护，可新问题来了，带的短裤长短不同，七分、五分、三分，今天穿的和昨天穿的长短不同款式不同，直接造成一天之内就给腿上又穿一条新的黑丝袜。可内心那个依然喜好妖娆的妹子，时不时地跳出来叫嚣，不骑车的日子里，总是不管不顾固执地穿上我的性感小热裤，露出仅剩的一点点白净的大腿以及被层层黑丝包裹的皮肤，引来无数好奇的关注。

猛烈的阳光除了让我的腿晒得像渐变灰的百叶窗外，还带来了新的困扰。由于长期的外露暴晒，我本身敏感的皮肤患上了日光性皮炎，奇痒无比，我在骑车时挠，我在咖啡馆里挠，我在洗澡时挠，连睡梦中我也在不停地挠，要不是我身上没长长毛，别人定以为我长了虱子。把身上带的各种药膏，风油精、花露水、红花油全抹了，单独抹，各种混合抹，以为自己就是DR聂，结果一点也不顶事，该痒还是继续痒，腿上手上已经被我挠得皮开肉绽，鲜血淋淋，一直持续了十九日。直到到了芽庄，整理驮包时发现藏在包底的一小盒开瑞坦（一种抗过敏的药），就这颗小小的白色药丸，简直就像仙丹一样拯救了我，照亮了我的世界，不到一个小时，我就再也没有感受到过皮肤的瘙痒。当初出发时，拿着手上的药单在药房里各种乱抓，既不想太占地方，又担心遗忘了哪样，药对于我们太过宝贵，在国外什么都好，可要是遇上点儿什么小毛病，去医院什么的也不太现实，这一次必须感慨，幸好，幸好。

酷热的天气并非坏事做尽，让我的身材拥有了更美的肌肉线条，更让叶子掉了十几斤的脂肪，吃再多也不会担心变胖。中午如果有点中暑的感觉，郁闷？抵消这郁闷的念头，那就是吃。我发现吃是能改变人很多坏心情。车爆胎？喝杯果汁再说。前面好大个坡？过了坡就找西瓜去……一听到吃，态度立马改变，OK？OK！总有那么点因祸得福的感觉，屡试不爽。

越南给我的感觉是一不缺咖啡，二不缺冰块。每家每户像存款般在家里囤着冰块，让我一直想请教他们洗衣服要放几板冰块。他们消暑的东西很多，凉茶、水果奶昔、甘蔗汁、果汁、豆搂冰等等形式很多，因地而异。顺化的水果奶昔最棒，三块钱一杯，杯子不小，里面放了六七种知名的不知名的水果，炼乳掺和在里面，面上再铺上一层冰渣，放一点干的椰丝，颜色丰富卖相不错，每天吃上一杯，就足以补充我们身体所需的维生素ABCDE 和那个 F。

MOVE SLOWLY AND
KNOW YOURSELF

14. 洗澡和拉屎永远都是重要课题

管你是豪华游还是穷游，管你是住在星级宾馆还是在路边扎个破帐篷，洗澡和拉屎永远都是旅行途中每天需要解决的重要课题。我没有奢望过在越南的山里人家会给我准备一个五星级的可以洗屁股的马桶，更没奢求过给我一个有泡泡浴撒着花瓣的浴缸。但是，人生总是曲曲弯弯，不尽是如人愿。

如果有人说越南人没文化，我不同意。当你每次去到越南山里人的茅厕，看到撕烂后散落满地粘满大便的报纸、书本、作业本，你会明白什么叫"书非撕不能读"，人家可是屁股上都飘着油墨香呢。

在越南我对洗澡的最高要求，通常仅限于被雨水淋了个透心儿凉后，有一桶热水可以温暖温暖我略感凄惨的心。

从出了河内开始，我便忘记了什么是热水澡，广东话里的"冲凉"一词估计是从越南这里传过去的，热水器之于越南人，估计类似于烤箱之于中国人，用不怎么着。我从未用冷水洗过澡，刚开始还会皱下眉头，对用冷水洗头有点纠结，可纠结没0.01毫米的实际意义，只好光着身子，站在喷头下，冷水一出，幻想自己是迈克尔·杰克逊代言雪碧广告，一手遮私处，一手甩出，"噢"一声，打个冷颤，就这样"晶晶亮，透心凉"。

但即使再怎么"家徒四壁"，那好歹还得有个四壁遮遮羞么？越南人有时候真省事！山里的家庭大多都很简陋，有些直接四周围起木板就成为一个浴室，旁边再围一个就是厕所，或者干脆板儿也省了，随地解决。习惯不是单一的某一样东西，而是多元相连的各个层面，好像说复杂了，简单地说，在山里你得习惯洗冷水澡，你要习惯简陋的木板房，没电灯，没喷头，进进出出的蟑螂、蚂蚁、蛤蟆、蟋蟀等等，如果说这些都可以轻描淡写，那后来碰到两个家庭是没厕所、没浴室……好像思考的东西要多一点了。洗澡，他们就指着那水龙头，就这片区域，四周皆空，毫无遮挡，唯有前面几米远一行香蕉树相伴。以为他们没明白意思，拿着我的无敌小本儿指着"洗澡"再问，还是那块地。惊讶，他们全家老少是怎么解决洗澡这问题的呢？非常好奇。那种困惑不亚于当年我看着一屋祖孙四代，两个兄弟一个老婆生活在一个环形开放式的大通铺的藏式阁楼里是如何解决传宗接代这样无法解答的问题。本想着暗中观察这一家子是怎么解决问题的，然后直接效仿，可这些人好像不需要洗澡，也小需要撒尿拉屎，只好自己闯出一片天地了。

我看着那片开阔视野的空地，纠结地问叶子这怎么洗啊，结果叶子一副势在必得的样子说"等时机"，像个算命先生似的掐指一算："嗯，今晚十点后月光会被云层遮挡"，利用夜晚的漆黑完成工作。第一次叶子得逞了，看着他一脸舒爽的样子就来气，我只有惊恐地摸黑到了后院儿，找到水管用毛巾把自己大概地擦擦干净，就着黑蹲下赶紧将小号解决了。睡吧，许个愿，明天找个有厕所、有浴室的好人家。

但第二次叶子失算了，我看着他正猴急猴急地在黑暗中洗着，突然男主人骑着一辆摩托车归来，猥琐的车头灯从远及近地直接给照了个高清无码毫无遮挡，马上穿衣服已是来不及了，只见叶子强装淡定地背着车灯双腿夹紧，再默默用毛巾围着他白皙皙的屁股，那条围着屁股的毛巾就像穿了条齐屁小短裙一样好不性感，还一手提毛巾，一手抱胸，神情涣散，特像在某桑拿场所干坏事的时候让人民警察逮着那一瞬间。只见男主人比叶子更淡定，熄火，停车，关灯，若无其事地在旁边小厨房进进出出，剩下心情复杂的叶子站在原地，不知所措。

我记得当时空气好清新，周围好安静。

MOVE SLOWLY AND KNOW YOURSELF

Vietnam / 越南・越南

MOVE SLOWLY AND
KNOW YOURSELF

15．愚人节差点儿被强奸

已经进入了越南北边真正的山区，山势的走向也有所提升，进入越南这么久，终于见到了一点点起伏的坡度，人烟也越来越稀少，好像这个国家海拔1000米以上，就已无人迹出没。胡志明路的两边森林替换了稻田，郁郁葱葱。进山这么些天，少有旅人的踪影，只见得几个骑着破摩托车的老外呼啸而过，有一个反方向骑单车的老外，也只和我们打了个照面，我猜想应该是因为当时我们正爽歪歪地下坡，他满头大汗一脸惨相地艰难往上吧，换我我也不理！

早上的一场大雨把我们困在一间舒适的咖啡厅里一人喝了两杯咖啡，陪着女主人看了两部周星驰的电影。雨一整天下下停停，直到下午五点半仍然零星飘着一点小雨，衣服和驮包已被雨水浸湿。多年的风湿病让我的腿开始阵痛，肚子也饿得扁平，又到了我们找寻人家的时间，可爬上一个山头，再一个山头，周边一个人家也不见，用我们的破帐篷在路边扎营肯定不是什么好的选择。正犹豫着前行，一转弯就在这前不着村后不着店的路边，突然眼前就出现了一个孤零零的兼做大板桌业务的餐厅，那感觉有点像是某个想吃唐僧肉的妖怪故意设置在路边的陷阱。总之，我有一种不祥的预感。

同样呈上小本儿表明了我们的用意，没想到他们非常爽快地答应了我们的请求，并且决定给我们一间有床还有弹簧床垫的免费房间，以及日思夜想的热水淋浴。怎么这么顺利？难道今天老天爷过节搞促销大派送？

管他什么坑儿，先尽情地享受这突如其来的幸福吧！停好车，洗了十几天来第一次舒爽的热水澡，头发也难得地蓬松起来，换上干净舒服的衣服，到餐厅和他们进行必要的沟通交流。这一屋子的木匠和餐厅员工把我们团团围住，把玩着我的iPad和相机，其中一个十八九岁的青年进入我的视野，他好像是餐厅老板的大儿子，在我拿着iPad给他们演示一些单机小游戏以及各种照片时，他表现出了异于常人的兴奋感，眼光直勾勾落在我的身上。原谅我当时还莫名滋生了一点点小小自豪感，心想我这相貌虽在中国没人理睬，可在这越南山里应该算得上一等一的稀缺资源，嘿，看我这文艺范儿十足的尼泊尔大裤头嘿，瞧我这自己拿碗比着剪出的青春无敌齐刘海嘿，都快把这青年的魂儿给勾了去。为了不让他们失望，还一一跟他们拍照合影，小伙子，就让姐姐在梦里陪你度过这山里孤独冰冷的雨夜吧！

酒足饭饱后，我们算是彻底放松了警惕，都怪自己太多疑，这世界上哪来那么多的不安好心？特别是叶子，一副大爷相在床上盘腿而坐，翻一会儿书，才不到十点就睡眼惺忪地安然倒下，美其名曰要好好享受这得来不易的高级"席梦思"睡个美容觉。我还是继续发扬失眠的传统美德，看部电影培养睡意。

电影结束尿急急，时间已是深夜十二点多，突然意识到已是四月一日愚人节。那就上个厕所，让我在梦里好好想想怎么整一下小丹同学吧。可突然想起来这里的厕所很远，要绕着餐厅走一整圈，得有50米的距离。不过我可是出了名的聂大胆，除了天生恐高，什么黑啊鬼啊的倒从来不是我害怕的点，一个人拿着手电就冲出去了。一出去才发现他们把餐厅用铁门关起来了，我只往餐厅里探了一眼，几只恶狗就丧心病狂地咆哮着飞扑过来，吓得我魂飞魄散，一边退一边拿着电筒对它们乱晃，还用中文恐吓这群有眼不识泰山的越南狗，然后以火箭发射的速度跑去了厕所。

这里的厕所门也没有，总共就一平米的大小，一盏昏黄布满蜘蛛网的灯，里面躺着一个破烂的没有盖的黑马桶，我找了半天角度扶着墙踩在上面解决了那泡憋了一部电影时

MOVE SLOWLY AND
KNOW YOURSELF

长的尿，正无比满足地提上裤头往回走，就被刚才跟我对上眼的老板大儿子在门口堵了个正着。

我本以为他只是因为被狗叫声惊醒，寻声来抓贼。可他那已经充血的红眼，让我瞬间清醒过来，完了，要出大事儿了！

还没待我反应过来，他已开始用手来推我，厕所很小，我一个踉跄就被他推倒在了地上，脸快贴着了马桶，我开始尖叫，情急中用中文语无伦次地大喊着："别乱来啊！你不能动我啊！你敢碰我，我打110报警啊！"他开始试图冲过来抱我，用手来制服我。我先扶着马桶边，赶紧贴着墙站起来，他力气真的不小，我被困在那个狭小的空间有点动弹不得。应该只能算是害怕以后的本能反应吧，当然我的力气也不算太小，当他试图进一步用脸靠近我时，我也发了狂，拼命挣扎把手抽出来，狠狠地打他，没想到我一下抓住他的手臂，把他甩到了我的身后，自己转到了门口，再一阵狂甩，几秒就挣脱了他，然后没命一样地一边叫一边跑回了我们的房间。门根本关不上，只能用身体死命地堵着门，瞬间腿软地瘫坐在地上，喘着粗气，心怦怦感觉快从喉咙里跳出来，仍然无法放松，警觉地瞪着大眼听着门外的一切动静。

待稍微平静一点后，我才推了推睡得正香甜的叶子，嘿，哥们儿，我差点儿被强奸了，我快被吓哭了！

只见叶子翻了翻身，抹了抹流出来的口水，手一挥："嗯，好的，明天早上九点叫我。"

……

一整夜都没敢合眼，直到清早叶子醒来，他根本还不明白发生了什么事。抓着叶子迅猛地收拾好东西，拿车的时候才发现我的那个破手机也不翼而飞，拨打也关机。算了，舍财免灾，拉着叶子赶紧逃离了这个是非之地。

16. 你是警察，可我们不是间谍

花了 11 天，我们终于懒懒散散地走出了这片山区，离顺化古城仅仅几十公里开外。鼻腔里的空气也从草味、泥土味、鸟粪味变成了各种肉味、油味和尘土味。在平日里，我估计会发几张山里青山绿水的素图，再配上类似"涤尽凡尘脱俗骨，闲庭信步青云巅"的矫情文字，竭尽全力地装装 B，羡煞那帮在文明社会里苟且的人们。

可当下，在脱离繁华融入泥土的 11 天后，这高等动物聚集群居所产生的味道却让我感觉到了生的气息，文明的繁衍，恨不得拿一大口袋打包了，多闻几口。只叹我终究还是做不成归隐的居士，注定就是一枚充满肉欲的凡妇俗女。

天色已晚，已走出山区，离顺化古城仅仅几十公里，此时对于我们来说是一天的开始，钟声又响起归家的信号，准备找人家啦。临近进城心里头多少都显得舒坦，所以今天找人家略有"要求"。看中河岸边一排房子，生活气息挺浓，小孩在追逐玩耍，年轻人在打球。遂骑着车下了桥过去打探，没想到这里的村民见我们这身行头，大人小孩皆围而观之。一个穿着体面的大叔拿着我们的小本儿认真念着，我们对每一句话表示肯定并露出傲娇的表情，完了，我只问了一声"OK?"，只见大叔一副"我的地盘听我的！"的表情，立马表示，哦了，没问题！

在一堆村民的左拥右簇下，我们被带到一套他们刚装修好的闲置新房，没家具、没入住，只在地板上摆着一张床垫，还有干净的配套厕所，这条件已然乐坏了我和叶子，不一会儿还为我们搬来了电风扇和洗澡用的

MOVE SLOWLY AND
KNOW YOURSELF

两桶水。洗完澡休息片刻房主叫我们吃饭，一出门又是一堆小孩围着走，心里美滋滋，有点明星待遇的感觉。饭后回去休息，躺在地板上盯着天花板，开始和叶子赞美这美好的一天，赞美越南人民的好客热情，赞美这套新房子，各种赞美。胡拉乱扯一把，叶子准备睡觉去，准备在这一连串赞美声中结束今天的疲惫。此时房主来敲门，比划着要看看护照，我们配合得很，经历过几次，已经处变不惊。可一会儿又来敲门说要拿到外面去，意思是去当地"有关部门"审批。折腾一通，又递上来两张表格叫我们签字，都是越南语，也不知道是啥，管它是卖身契还是欠条，出门在外没必要想那么多，真要发生什么事，我们绝对是毫无招架之力，所以想也没想，签字，画押。本以为这下就完事了，谁知道一会儿房主又杀过来，一脸抱歉地跟我们各种解释，再挥手示意我们收拾所有东西跟他们出去。开始还以为他们觉得这里条件还不够好，要给我们换更高级的地方，愣了半天才反应过来，情况不妙。好嘛，只有遵从照办收拾东西"出发"。一路尾随房主的摩托车，忐忑地穿过了好多黑漆漆的小巷，绕了良久，早已不知身在何处，越走越偏。

黑夜里没有方向感的陌生多少都伴随着不安与恐惧。最后房主的摩托车在一栋小楼房前停下，灯光昏暗，像是旅馆。也罢，瞎折腾了，巨讨厌骑夜车。进院子一看，妈的，这哪是旅馆，是当地公安局。

几个家伙叫我们把车停一边，说话的语气跟姿态显得有点严肃，好像背后藏了暗器杀人不点头的血滴子。呱呱啦啦问我们几句，我们"空调，空调"回答（粤语的"空调"发音就是越南语"不明白"的意思。这个"空调"发音真好，顺畅、自然，说起来有点归宿感，越南好空调都是广东造的）。一会儿，叫我们进他们办公室里面去，哦，不对，公安局里应该叫审讯室。房间有点简陋，四面浅黄色的墙，中间挂着他们国父胡志明头像，还有一行不知道啥意思的越南语，让我猜的话就是"坦白从宽，抗拒从严"，几套木质的办公桌椅,旁边一个储物具,桌面零散地放着文件之类,印象最深的是他们挂着的警服,跟中国(20世纪)80年代鲜绿色的警服一样。他们坐下开始问我们话,示意把身份证拿出来(护照早就在他们手里),我试着用英文跟他们沟通,可他们没人懂。审讯我们的这个警察还挺年轻,皱着眉拿着我们的证件看了又看,像刚从我们身上搜出几斤海洛因似的。

因为无法沟通,我也不再说话,空气凝结,好不尴尬。这警察憋了好几分钟,突然抬起头,一脸凝重地盯着我们用中文说了一句:"我是警察!"哎,我这急脾气,你会中文你早说啊,于是乎,我开始敞开我的心扉,掏心掏肺,将我心照他心,前前后后,仔仔细细,对着这个警察把我们的"梦想之旅"进行了完美的阐述,还夹杂了30%的浪漫主义情愫,用情至深,把我自己都给感动坏了。然后一脸期待地等着这个警察感慨我们这样的年轻人,是如何的勇敢而大无畏,再热情地和我们称兄道弟,请我们好吃好喝,共话我们年轻一代的未来。结果又好一阵沉默后,这警察又一句:"我是警察!"

……

敢情哥哥你就从香港电影里学了这么一句中文啊!我去!

结果我把气愤的情绪转化成了对这一切感到荒唐无语的笑,笑得都快忍不住,低着头捂着肚子直蹬脚。叶子见我抽风似的笑,警惕地用脚狠踢我,生怕我惹出啥事来,人家正儿八经地问话,你在那乐着,恼羞成怒,有可能当场把我们狠揍一顿,再扔拘留所里关押个几日。后来叶子问我笑什么,我说你不觉得好笑吗,看到他们严肃的鬼样子就好笑,把我们当间谍,以为在拍成龙的《警察故事》呢?!

**MOVE SLOWLY AND
KNOW YOURSELF**

后来他们竟大费周章地找来一个中文翻译，当然气氛瞬间变得和谐多了，翻译问话，他们认真在旁边做记录，该问的都问了，我没好气地把我们的情况再复述一遍，顺便还采访了那个翻译中文在哪个大学学的，现在在越南做翻译收入情况如何。最后还好意思问我们今晚如何打算？住哪儿？刚才那豪华套房是不可能回去了，东西都收拾出来，时间也很晚了。嘿，知道我们中国有一句谚语叫"请神容易送神难"么？我赌气地冲着那警察说，不如我们就在你们这警察局将就一晚吧？我们不讲究，啥都带了，给个空房间就行，再不，就外面那屋檐也可以，你们公安局安全，东西还不怕丢。

也不知那翻译是不是真给翻了，笑着跟他们商量了几句，回答其实不用想，那是不可能的事，咋可能把"间谍"招进来住。随后他联系了个朋友，带着我们到了一个破旅馆，30块一晚。

到旅馆安顿好，叶子憋了很久的火气才释放了出来："他娘的，找了这么好的地儿就给那群王八蛋孙子给搅黄了，旅馆这么破还要30块，颜色那么丑的拖鞋也好意思放出来……"他已然到了看啥啥都不顺眼那种境界，一副气极败坏的样子，我只好拍拍兄弟的肩，走，咱到外面找吃的去。

简单明了的一句话，听完马上消气。吃对我们来说是最好的安抚，包治百病。

*MOVE SLOWLY AND
KNOW YOURSELF*

17. 沿着海岸，一路向南

码表显示到了 2000KM，我们也轮了大半个越南。

顺化曾是越南历史上的三朝古都，处处遗留着古老的踪迹。这里也是整个越南的中点，"S"形的腰身，也更是我们这次旅行的中转站，从这里开始，结束了在山区穿行，一路沿着海岸线向南，直至胡志明。

越南北边和南边被顺化拦中分开，不仅仅是地域地形上的切割，更多的是南北观念的不同。这点颇有点像中国南北差异，一座秦岭、一条淮河就把文化也分隔在了两岸。越南的北边是政治中心，大多的思想也更倾向于传统和保守，除了河内和旅游城市下龙湾，整个北边没有一个稍微像样点儿的城市，文化和中国广西异常相似，要不是文字变了，语言变了，会迷惑是否仍然身在中国。可南边从顺化开始，岘港、会安、芽庄、美奈、潘朗、潘切这些旅游城市把南面海岸线挤得个密密麻麻，和世界任何一个海边旅游城市一样，椰树林下摆满的沙滩椅里躺满了来自世界各地五颜六色形态各异的"老外"，满街都是穿着比基尼随意行走的人，城市的建筑也开始充满了色彩浓烈的法国殖民地风味，只剩下越南人庭院里的花鸟和市场里戴着斗笠的小贩还在时刻提醒你，此刻，你身在越南。

到了顺化，也预示着我们苦难的日子结束了，再也不用担心每天睡不到席梦思，再也不用担心饿肚子。我们两个像刚从山里逃出来的难民，一进入城市，自然也异常兴奋，住旅馆，下餐馆，打牙祭。炎热的天气让我们瘫软得像哈巴狗一样懒懒的哪儿也不想去，把单车停放在视线到达不了的地方，以慰心安，在旅馆房间里宅着，以最舒爽的姿势享受 7 美元一天的冷气。

只一日终于下定决心到顺化古城粗略地逛了一圈,对于看惯我大中华大好河山的儿女们,看着这个写满了中文并且如此袖珍的越南废弃皇宫,真是提不起太大的兴趣,让我瞳孔放大的可能,还不如一杯加了榴莲的奶昔。

转战河岸边的一个高中校园,一来是想看看这里的校园环境,二来也是遵循着,一切超级无敌便宜的民间美食都必是环绕在学校周围的真理。

一踏进校园,四处传来欢快的笑声和读书声,空气里飘来香樟树掺着老旧越南红木的味道,斑驳的校舍比国内招牌上写的"百年名校"来得更有厚重感,透过百叶窗窥探穿着奥黛站在讲台上的端庄女教师,教室屋顶转动的绿色吊扇,埋头正认真书写的学生,球场上飞奔的少年,放学蜂拥而出的孩子们,看着他们脸上的笑脸,突然觉得背着书包上学的日子,那么让人怀念。坐在石凳上感慨,唉,我怎么已经这把年纪了,如此这般留恋还算不算太晚?

从顺化开始,风景越来越美,可我们的蹭住事业,越往南越难。大多数人看到我们,就像城市里看到摔倒的老太太。人心就是这样,越接近繁荣越是冷漠,每个人都只想相安无事,没有人愿意去惹任何麻烦。可即使很难,也不能如此轻易地就言放弃。如果找一家不行,那我们就找五家、十家。从五点,找到六点,找到七点,直至天边落下最后一丝光线。

虽然我的固执和倔强,也勉强地成功过几次,但更多时候还是不得不以失败而告终。也因此发生过好几次,已经同意我们入内,待我们洗完澡,收拾好东西,临时转变决定,将我们礼貌请出,再大半夜地摸黑满山野

MOVE SLOWLY AND
KNOW YOURSELF

找住处。

人生之所以可以感受到那么多的快乐，正是因为我们总看到光明。不管我们在这一路遭遇过什么，我们都尽量将之理解为，他们仅仅是不想给生活带来不必要的打扰。这一路仍然有很多可爱可亲的面孔，出现在黑暗的夜里，为我们带来温暖的指引。

出会安不久，一对年轻诚挚的基督徒夫妇，帮助我们寻找住所未果，仍然坚持为我们找到最便宜的旅馆。折返回家骑着两辆摩托车载着我们去河边桥下喝一杯清爽的奶昔，虽然完全语言不通，仍然试着用心灵与我们做了一晚的沟通。虽然我不信上帝，但当他们互握双手在饭前祷告时，我也双手合十送上了对他们的无限祝福。

Vietnam / 越南・越南

18. 人一生必须去的五十个地方

顺化、岘港，这两个地名，总和战争牵扯在一起，感觉到这里如果只是为了享受阳光、海岸、沙滩，不去读那段历史，就像凤姐背着正牌 LV 包包在大街上张扬，20 万的东西硬是背出了 20 块钱的气质。

好吧，问了度娘，找来一堆硬邦邦的介绍：岘港是美军登陆越南的第一个港口，越战期间，这里是美军的作战基地。1975 年 4 月，北越发起了春季攻势，其中就包括顺化 – 岘港战役。1995 年，美国和越南恢复外交关系，那一年，去越南的观光客人数超过 100 万。

不读历史的人，怎么装也装不出如于丹博学的样子，罢了，搜索一圈倒发现一个有趣的事，美国《国家地理》杂志，曾把顺化到岘港这一段沿海公路列为一生必去的 50 个地方之一。每每听到这种权威机构弄出什么排行榜，什么死之前必须去的多少个地方，总有种必须得站直了身子，稍息、立正、敬礼一般的肃然起敬。全体同学请注意，趁着还没死，打印一份清单，背上背包，即刻动身！ This is order！

虽然对这份权威列表没有什么好感，却平添了我对这段行程的极大好奇，是什么样的风景值得美国《国家地理》杂志把它放到世界 50 强的行列，要知道平时听到世界 500 强，我也会觉得必是一堆牛鬼蛇神出没的地方。再加上进入越南大半个月了，而越南却总是冷静得过头，对我们说，你见我或者不见我，我都在那里，不悲不喜。而我们只能回赠越南，我来过或者未来过，你都在那里，不痛不痒。

MOVE SLOWLY AND
KNOW YOURSELF

从顺化到岘港骑出50公里后，就开始一路沿着海岸攀爬，全程11公里，视野开阔，眼见之处，全是碧蓝的大海、翠绿的海岸。早上还在下雨，天气阴沉灰暗，远处近乎狂躁的风暴，掀起大浪，一波接一波地猛烈袭卷海岸，很像看一部20世纪80年代的美国战争历史旧片，让我想起了那部以越战为背景的美国医务剧《中国海滩》。锈迹斑斑的铁轨沿海岸铺陈，从山洞里探出头来，传说还会有火车经过，等了十几分钟，感觉无望，继续前行。

不得不说此前我也骑过海南岛的东线，冲着所谓的"沿着海岸线飞翔"的屁话兴冲冲跑去，可实际全程根本就没有这样的景象，能看见海的几率极低，大多时候仍然只是骑行在大同小异的公路上，海岸成了3公里外永远到达不了的地方。而这段路程不光是实实在在的沿海公路，还因为已经将大部分汽车和货车引流到了越南仅有的一小段封闭高速公路，所以只有少数观光汽车在此经过，极其惬意。突然觉得这里，虽然在我个人的排行榜里无法超过川藏线的震撼，甚至挤不进前三，但如果前提是，美国大兵去不了西藏，再带着历史情绪选了这个地方也说得过去。

叶子是广东江门人，离海就那么一小时车程，从小吃着海鲜长大，闻着咸湿海风入睡，对于海已经产生了审美疲劳，一个词形容，就是无感。可对于我这个山里长大内心躁动的小姑娘来说，从小就总仰着头问爹妈"山的那边是什么"这种感动中国宣传片里才会出现的问题，得到的总是"山的那边还是山"这种让人对地球对宇宙感到失望至极的答案。人家说有些人天生有佛缘，而我自认为天生有"水缘"，说不清楚哪门子理论，就是认定了，没有机会去池里游泳，就在家里用洗澡桶装个大半桶水练习"潜水""闭气"，一到夏天就各种蠢蠢欲动，我相信年幼的我，绝不会只是因为想穿上比基尼到海滩骚包才产生这样的原始欲望。

所以从海的这件事情开始，我和叶子产生了此行路上第一个分歧。一见海就开始犯"二"的我，各种兴奋各种叫，再配合各种 pose 自拍，各种强迫叶子给我拍。叶子只冷冷地一直忍受着我，我为了回击，当场就决定告诉全世界的姐妹们叶子这辈子注定不是个会哄老婆开心的好老公人选。

这 11 公里的上坡，平缓路面不到 1/10，海拔攀升很大，坡度也极陡，单从这点看，倒是川藏线几十公里的缓上坡比不了的。眼睛上了天堂，身体也要适当下下地狱，有好几处陡坡，我用力抓紧车把，手脚同时猛拉，青筋暴出，满脸涨红，大气都不敢出。生怕一撒手，连人带车，往后退几百米，摔个四仰八叉。

刚开始还穿着冲锋衣挡小雨，后来干脆脱得只剩一件白色薄 T，待到山顶，已是全身湿透，连内裤也没能幸免。不用讲，有上坡就有下坡，下坡比上坡长，赚了，后面基本一路不捏刹车滑向了岘港。垭口那边岘港的海水比这边更蓝，很像站在狮子山顶俯瞰整个碧蓝的泸沽湖，不同的是，这里的海湾停泊着密密麻麻的海船，星星点点。

岘港最有名的就是 30 公里的银白色"中国滩"，至于当年为什么美国大兵取了这么一个莫名其妙的名字，我不得而知，但现今的中国滩，倒真有那么点三亚"大东海"的味道。大多餐厅的店名和菜单上，都有中国版本，据说只要有中文的餐厅，就是挨宰最厉害的地方，我们往巷子深处，找到看不到半个游客影子的本地大排档，结果因为沟通不畅，一切海鲜都搞成了白灼，也没有蒜末酱油芥末蘸碟，我吃着白味海鲜顺便奉上了白眼儿，罢了，罢了，白灼健康，不丢失营养。

40 块钱，费力找了打开窗户就能看到海的无敌海景房，可待了几天也没见一点阳光，叶子的宅性更是大发，窝房间里补补胎缝破衣裳。我只好

MOVE SLOWLY AND
KNOW YOURSELF

一个人骑车在岘港走街串巷，看看他们最自然的地方。在这里骑车根本不用担心会迷失方向，整个岘港就分布在河的两岸，河岸上有4座大桥连接，跨过来是城池，跨过去是海岸。其中一座连接市中心的桥最为威武，两条金龙游弋桥栏之上，一派中国三级城市的作风。

我胡乱穿行一通，竟跑到了岘港火车站，门口摆着一个看似古老实则很新的火车头，我没对这刻意作秀的火车头产生任何的兴趣，倒是在火车站对面街角一家古老的咖啡馆引起了我的注意。挑选一个小板凳坐下，要一杯冰咖啡，仔细观察这家小咖啡厅，本体的装修和满大街的平常咖啡厅并无两样，可墙上挂满老旧越南黑白照片，四处杂乱地随意摆放着无数老旧钟表、留声机、美式打字机、旧电话、黑胶唱片，还有让我爱到不行的老式摩托车。店里客人就像中国茶馆里只为消磨多余时间的中年男子，穿着打扮一点也不特别，不像在中国，你不把自己弄得文艺点儿，你都不好意思踏进咖啡馆。在我隔壁桌的两个男人拿着一个老旧钟表，不停把玩，谈论着它的价值做着小交易。这样读到的岘港历史，是不是比百度百科上看到的更有意思？

晚上约了没能成功入住的"沙发客"——23岁的本土手绘画师摇滚青年阿龙，阿龙会说中文，曾在北京生活过5年，混迹于798，据说还给木马乐队画过海报做过包装。阿龙两年前回到岘港生活，却发现在这样还不够重视艺术产业的国度，纯粹想以艺术为生还是举步维艰，甚至连糊口都困难，还好阿龙家底殷实，在他这样的年纪，还可以靠父母和自己的努力来继续支撑他卑微的梦想，但这也不会延续太长。初见阿龙，不管从发型、身上的文身，以及穿着打扮，都算得上一个标准的热血摇滚艺术小青年的模样，帅气、干净、没有半点做作。阿龙带来了正住在他家抢了我们地板的"沙发客"——29岁的英国女生Gemma，她已经一个人旅行8个月，岘港将是她的最后一站，再过两天她即将起程返回伦敦，回归生活的正道。还有后来赶来的两个澳大利亚小伙子，一个19岁，一个20岁，一个叫Daniel（一个臭遍大街的名字，让我主观上刻意地屏蔽他的存在），另一个叫Mikki，是阿龙曾经的"沙发客"，出来了半年，去了泰国，到了越南，来了岘港，喜欢这里，所以决定留下来一段时间，找了临时兼职的外教工作，有了暂时的"固定居所"。6个人，一辆摩托，两辆单车，最终形成了极其不和谐的组合，叶子用单车载着英国女生，阿龙用摩托载两个澳大利亚男生，我一个人甩单骑车。从桥这头去桥那头，再从桥那头回到桥这头，一晚来回穿梭几次，大块头英国女生让叶子差点儿踩到内出血直接暴毙。我故意从叶子身边轻松飘过，采访一脸哀怨骑单车载洋妞跨大桥的叶子是何感受，他白我一眼儿，冷冷甩我一句："妈的，老外就是吃了猪油尽长肉！"

那晚，一帮国际俱乐部的青年们跟着本土大佬阿龙到岘港地道的本地路边摊儿馆子吃炒田鸡和最好吃的法棍，去中国滩躺着吹海风聊天，去河边的聋哑服务员酒吧喝啤酒。Mikki是个可爱的小伙子，顶着一头方便面发型，一脸浓密戏剧化如卓别林式的眉毛和胡子，在餐馆刚坐下就给我们表演带壳吃鹌鹑蛋，说话做事总想要表现出一心想做"嬉皮士"的调调，虽然在我看来火候还欠佳，心智还是免不了90后的稚气，可丝毫不影响我对他的喜爱。Gemma和我结伙去拉野尿，没有厕所，只好一人选一个相对昏暗的角落，结果身边十几头壮硕的大耗子乱窜，竟吓坏了这个已经独自旅行了8个月的英国大块头火柴妞，一边提裤一边尖叫一边奔跑："No way！ This is not restroom！"阿龙教我们越南本土文艺界人士喝酒前喊的号子"mot hai ba yo， hai ba yo，hai ba uong"（其实翻译过来就是"1，2，3哟；2，3哟；2，3喝！"），那气势颇有点儿退伍老兵十年相聚时豪饮的热烈，跟文艺真没半毛钱关系。

那天晚上天上没有月亮，可海风很凉爽，我清晰记得我们每一张可爱的脸，

MOVE SLOWLY AND
KNOW YOURSELF

那晚我们谈论着一个主题："Living Young And Wild And Free."

Vietnam / 越南·越南

*MOVE SLOWLY AND
KNOW YOURSELF*

19. 终极骑士：裤子川十年君

从岘港沿海边慢慢悠悠骑30公里，便是会安。会安是越南最早的华埠，说白了这就是在越南繁衍了几百年的华人社区，各式会馆、庙宇、佛寺、宗祠藏在充满了中式风格的建筑之中，一派浓浓的岭南文化气息。

本以为会安会如丽江一般，游人如织，红男绿女，饥渴聚集，只为寻求一夜欢愉，没半点值得我们留恋。结果这里却给了我不小的惊喜，虽然这里确实满街各色游人，也有很多中国会馆，商店里也卖着无数义乌产同质化的旅游小商品。但好像这一切丝毫没有影响这个小镇的美感，特别是在清晨，前晚的灯红酒绿退去，游人还在旅馆赖床未起，只有原本安静生活在这里开启一天劳作的人和处处开满的红艳三角梅，停在花下的小摩托车，街角摆放整齐没有车夫的三轮车，晾晒在墙角还滴着水的衣服，停靠在河面正在休息的彩色游船。

留在我们记记里的，除了会安的美和静，还有散落各处的餐馆，没有宰客行为，不论肤色，不论穿着打扮，主人都一样热情相待，同样是汉堡，同样是奶昔，同样是春卷，但我和叶子都一致同意这是我们在越南享受到的最美味的晚餐。

走出会安，天气依然阴沉，偶有漏网洒下的点点阳光。这边的稻田都已经熟了，金黄金黄一片煞是好看，貌似这收获的季节也来太早了吧，刚进越南的时候，还在插秧，这会儿就已经在收割了。这才4月份呢，农忙不都是在7月份吗？

下午拐入一片开阔地段，柔风亲吻麦浪起伏，发丝轻抚嘴角上扬，惬意不已，心中那个爱幻想的小恶魔又蹦出来乱窜，眯着眼，嗯，这时候镜头一定要拉全幅远景，苍茫大地，尽是那撩人的金黄良田，放眼旷野，只我两人行走于天地之间，

Vietnam / 越南·越南

于是就这样"仗剑走天涯",只是我的爱人,我的大宝剑哪里去了?意淫得太投入,连对面马路5米开外的3个"扎眼"的老外骑行者都没发现,还是叶子先停车把我从梦里唤醒。

他们3个是这次出行遇见的第一次有交谈的骑行者,一对年轻的澳大利亚夫妻和一个美国胖子,先注意到那胖子倒不是因为他臃肿的体型,而是因为他骑着一个躺车,我叫那是"自理懒人移动床",之前在拉萨有试骑过一次,骑这货出门,最尴尬的事情就是容易被误会"身残志坚"。

这货虽然骑行姿势不太雅观,但舒服得很,人是躺着的,脚搁在前面蹬,想骑就骑不想骑就躺会儿,绝对是VIP级别享受,屁股还不会因为坐久了疼,对男人来说还有一个关键点,不容易得前列腺炎。叶子第一次见这玩意儿,新奇不已,一边看一边流着口水嘴里叨叨着要是再把这车改装改装,搞个"懒人房车"定是极好的,车顶加装个能伸缩的小篷子,能遮风挡雨,篷顶还可以挂满香蕉、椰子,边吃水果边拿iPad看电影。后货箱再拉上个大点的帐篷,晚上车停帐篷里面直接躺车上睡觉,哇,爽死,爽死,简直是自行车中的战斗机,超级拉轰,感慨这玩意儿必是一款居家旅行之必备良品。

澳大利亚夫妇和那胖子也刚刚碰面认识,都出来将近一年,很巧的是他们仨都准备从越南到中国,跟他们招呼一会儿,留影,各自往前,以后不知道还有多少次这样的闪聊,见面就觉得很熟,很多话想说,很多你想表达的东西,一转身又各自天涯,说不出来的感觉。或许外面世界真的没有其他人,就你自己,他们只存在你脑海里不到一秒快门的记忆。

临走的时候他们说前面还有个骑车的,日本人,出来10年了。拐弯桥洞处看到他,由于后来怎么着也想不起他的名字,是忘了还是当时压根就没问他名字,总之就是忘了,叶子给他取了个

MOVE SLOWLY AND
KNOW YOURSELF

霸气的日本名字——裤子川十年君。裤子川十年君见到我们的时候非常兴奋，从马路对面像见到失散的亲人一般，边跑边大声问"Japanese？""Japanese？"重复了两遍。我哈哈笑："No，No，Chinese，不是你妹子。"他当时样子也实在乖巧逗趣，一副"啊，可惜了，你真不是我妹子啊！"。

惯例，我先代表中国代表队，作为我们官方的首席发言人，上前对裤子川十年君进行了深切的慰问和深度的访谈，而叶子则像个侦探似的，对这个出门10年的路人甲进行全方位的打量，从头扫描到脚。

深灰色太阳帽，头发不长，脸黢黑但显得干净，带着电影里日本大叔招牌式的笑容，现在44岁了，但开朗、乐观像个嬉皮捣蛋的青年，甚是好玩。更好玩的是他这一身，除了样子好好的，其他都稀巴烂，上衣是黑色长袖T恤，布上N多个大大小小毫无规律的洞，像轰炸过的伊拉克卫星版图，裤子也不赖，紧身抓绒裤打底，外面加穿一条五分裤，两条裤子都破烂有序，特别是俩膝盖部分拳头大的洞，开得可以说是井井有条，绝对是一个标准炸开的形状。而裤子破烂重叠再纠缠，好久才分辨他到底穿了几条裤子，哪条是里面哪条是外面。脚上的那双运动鞋破烂程度就更对称了，脚趾那一排都开了，肯定是为了透气而故意做的造型，这样的天气只有我们脚下的夹指拖鞋敢拿出来嘚瑟，不过一路除了我们两个中国屌丝也没人这么干。再过去看看他的自行车和行李，立马顶礼膜拜，10年的家当全部在这，没什么期待中的高大上，没有一样是完整留个全尸的……破烂的昆明老车友出品的无变速初级旅行车，4个大可乐瓶装的白水，捆在车身上活像火箭的4个助推器，没有码表，没有驮包架，一切你以为的高精尖装备他的身上都没有，看得出来他完全不在乎什么装备物质。差距啊，我完全猜测不到他现在是什么样的状态，1年跟10年又是一天一地，人生有多少个10年。如果人生只用这些数字来计算，总显得实在太短暂，倒也轻松简单了许多。命运好像早有注定，有些人一辈子住别墅，有些人一辈子住烂草棚，有些人一辈子豪车飞机、日理万机，有些人一辈子都在自行车坐垫上，虚度光阴。既然命中注定，又何苦强求；既然人定胜天，为何不执着前行……

不知道，哪来那么多为什么呢？纠结这些问题，只会注定一辈子唉声叹气留守原地。

裤子川十年君热情地拿出他在世界各地骑行的相册，还有一个所辐射国家的Excel表，这些东西倒一点不破，反而显得像广告公司的宣传画册一样专业。他在这10年间，并非一直在外面，中途也曾回过日本，这已是他第四次出逃，已经去了一百多个国家。问他喜欢越南吗，他的答案并不乐观，呃，反过来问我其实我也不能讲我有多爱越南，但骑行在越南也是不错的体验。

我好奇地问他有没有结婚，他无奈地摆摆手，10年，都在外面流浪，哪有时间结婚，又有哪个姑娘愿意跟他结婚。于是我又深入地替叶子问了一个他迫切想了解的问题："请问裤子川十年君，骑了10年，你的JJ还能正常工作吗？" "啊哈哈……这个问题嘛，关键是我也有很久时间没用了啊，我想，大概，应该，Q@\$！@\$#，啊哈哈哈，你懂，我懂，大家懂！"

本想拿出我们腐败基金的预算请裤子川十年君好好吃顿大肉，喝顿好酒，让他记住中国人民豪气大方的待客之道，顺便再深挖一些问题，但他拿出两个干得跟餐巾纸差不多的法棍，跟我们说，不了，他已经习惯了每天都吃那个玩意儿，方便携带，可以存放很长时间不坏，还撑肚子，你知道，就像节食减肥，如果一朝破功，接下来的路，就会更艰难。

我们离开时，时间仅仅是下午三点半，裤子川十年君指着旁边的桥洞，继续哈哈地指着天边依然保持80华氏度照耀大地正当空的太阳，跟我们说看太阳已经快落山了，这可是块风水宝地，这儿今晚我就独霸

MOVE SLOWLY AND
KNOW YOURSELF

了，你们就别跟我抢了。也许吧，我们已经觉得出来这些时日，算是比较洒脱和不纠结了，但如果某一天只骑了50公里，仍然会在心里小小地罪恶一下下，甚至会想要在第二天把偷懒的路程补回来。为何，我们总是只知道匆匆赶路，忘记了，时不时地停下来，不设指标，不看时间，不管烈日是否当空，不管是否风和日丽正当奋斗，就如此坦荡地停下来，放松我们的肩膀，放松我们的头皮，放松我们的脚趾头，一点，一点，慢下来。

后基于裤子川十年君的超级正能量，叶子拍下他与自行车的每个细节，用于鼓励我们和国内骑友。作为御用摄影师的叶子，当天晚上误删全部照片，切骨之痛，身心俱裂，发下毒誓，日后有钱，拿佳能无敌兔炖汤。

无图无证据，老叶，你就编吧？！

Vietnam / 越南·越南

**MOVE SLOWLY AND
KNOW YOURSELF**

20. 千万别把橄榄油当防晒霜

芽庄休息一天，这里是越南沿海最东边的城市，拥有着越南最美的沙滩，以及无数美丽的小岛。越战期间，美军大兵大多都在芽庄休闲度日，想必处处有阳光，有沙滩，还有美女和大麻。

沿海旅游城市的节目好像永远不变的就那一两样，玩水、晒太阳。

在岘港留守几日也没能等来任何的阳光，灰色的沙滩多少让人有点垂头丧气，放在驮包里已经发霉的比基尼已经有点闹小情绪。芽庄自然而然被我在地图上画上红圈勾定为首站秀场。

大清早就拉着叶子往海边跑，太阳没有辜负我的期望，照射着整个海面，波光闪闪，天空和海水都尽情地湛蓝着。

芽庄的沙滩，沙没有岘港的细腻，虽然看起来如银沙，可颗粒粗大，直接躺在上面，会有点尴尬。沙滩上游人很多，放眼望去，几乎清一色白种人。一半人躺在椅子上晒太阳，一半人在海里玩水，少数几个在天上滑翔伞吊着。在晒太阳的人里面有一半是胖的，瘦的好像看上去个个都差不多，胸前无货，做人坦荡荡。但胖的每个人都不一样，肥头肥脑、大啤酒肚、胖腰肥臀，各分秋色，可怜了她们身上那套已经被扯变形的比基尼。

我拉着叶子也要弄两把沙滩椅加入他们的行列，他那极其不适合当男朋友当老公的身份又瞬间暴露了出来。

一脸鄙夷而唾弃地跟我表态:"我一介草夫,小时候天天在地里干农活,水稻、泥巴、西瓜,我本身就是沐浴着阳光长大的,在我的字典里只有穷人才晒太阳!如何让我花钱躺那儿装优雅?旁边还尽躺些俄罗斯肥猪流大妈。你去吧,我去沙滩上偷拍大屁股美女去!"

我望着这大好风光,气极败坏地对叶子撂下狠话:"这是我们脆弱的友谊还能维系的最后底线!今天你是躺也得躺,不躺也得躺!"

最后自然是我用了女人最擅长的无赖赢得了这场争吵,虽然赢得没那么理直气壮,但叶子还是不情不愿地袒露胸襟挂着一身已经减掉12斤但仍有残存的肥肉躺在30块钱租来的白色沙滩椅上,眼神绝望而空洞地望着远方,大声播放着他的摇滚乐来宣泄对我霸王女权主义的抗议。

我懒得去纠结叶子的小情绪,趁着阳光正好,躺椅子上开始了我的宏伟计划,今天我要把我的身体一次性晒成"均匀小姐"。脱下外套,露出身上晒得层层叠叠的皮肤,极像动物园里刚引进的新品种——渐变腊肉黄斑马。

"莫笑农家腊肉黄,丰年待客香满堂!"

戴上墨镜无视四面八方投射过来异样的目光,虽然我知道自己看起来活像个笑话。

把包包里带来的各种丝巾、毛巾全拿出来,分区块盖住我已经晒得带焦糊味儿的部分,手臂和手指,大腿中线以下,脖子以上鼻梁以下,然后露出白花花的胸口、额头和肚子。抹上我一直以为可以给我小麦色还兼具防晒功能的橄榄油,以往我会连着防晒霜一起擦,可那天希望一次到位,

**MOVE SLOWLY AND
KNOW YOURSELF**

就对自己下手再狠了一点,还颇有研究地把这方法介绍给了我的好兄弟叶子兄。

正午的阳光,火辣辣,半点没有要客气的意思,我勇猛地把沙滩椅挪到了太阳伞阴影之外,正面晒完翻背面,在舒缓的音乐声中竟不知不觉睡了过去,就这样我们从上午十点活活晒到了下午两点,4个小时的翻烤让皮肤呈现酒红色,煞是好看,虽是感觉火辣辣地疼,但当时感觉蛮好,走路都带着点小骄傲。

晚上回去才感觉外皮已经红得跟烤乳猪毫无差别,心中一个咯噔,赶紧打开电脑问度娘,查阅橄榄油的功能性,之后瞳孔放大,嘴巴大张,一脸哭相地转头对叶子说:"哥们儿,完了,我们抹的橄榄油只能滋润皮肤,所以很不幸地通知你,我们,晒!伤!了!"叶子一脸火大闷闷不理我,呜呼,这回咱俩的梁子真是越结越大了。

皮肤损伤程度之严重,按正常医学定级估计都能定为三级烧伤,我顶着这烤乳猪肚,连上厕所脱裤子都撕裂一样的疼,沉默地骑行了好几天和叶子相对无言,因为每一次蹬踏都会牵扯到已经被灼伤的皮肤,说什么都是我自找的,撒娇也不适用于叶子和我。

几日过后,肚子上更冒出了密密麻麻的大水泡,远看像汗珠,实则是一层薄薄的皮兜着满满的黄水,晶莹剔透,身体的感受从最开始的撕裂又多了一点瘙痒,既不能抓也不能挠,最后终于整张皮揭下来,恐怖得像做外科手术,委屈得我差点儿眼泪都快渗出来,可告诉别人也不能缓解我的痛苦,还会换来无止境的耻笑。

哼!怎么了嘛,谁敢站出来诅咒说他一生就没犯过这么2B的错误!

不过还是告诫和我有同样认识的爱美的姑娘小伙子们,千万别把橄榄油当防晒霜!后果不堪设想!

**MOVE SLOWLY AND
KNOW YOURSELF**

21. 夕阳醉了那片海滩

她发现孤独的人准备动身	她自言自语在离这很远的地方
于是就祷告着黄昏	有一片海滩
直到夜里	孤独的人他就在海上撑着船帆
她转头听见悲伤的呜咽	如果你看到他回到海岸
一个善良的女子长发垂肩	就请你告诉他
她已跟随黄昏来临	你的名字
翠绿的衣裳在炉火中化为灰烬	我的名字
升起火焰一直烧到黎明	莉莉安
一直到那女子推开门离去	——摘自宋冬野《莉莉安》

我算是一个任性的人,任性到做很多事情甚至懒得找一个理由去解释。第一次听说"美奈"就只因为这个名字那么美,就决定了,我一定喜欢那里,然后任由我那繁殖力超强的意淫因子自由散开去,散开去,最后占领了这个传说中的宁静小渔村。

可当人一开始意淫,一切就不是那个本身的一切了,纵使你知道那些都可能只是你的胡思乱想,可你就是乐意,在一切真相揭开之前,让自己蒙在这意淫的鼓里,独自开怀。

可如果有一天,你明知意淫的一切却活生生地出现在了你的眼前,你狠心伸手掐自己,虽然痛得那么真实,你还是怀疑,在心里无数问号和脏话齐飞,只想甩一句:What a fuck!这他妈的究竟是怎么一回事?!

而此刻，我意淫的美奈就伴随着这些问候唐突地出现在了这条公路的尽头。这一切就是美得让人感慨如此高超的PS！

可这里却不是美奈，美奈还在前面的海岸尽头再转弯。我们只是迷迷糊糊地跟随着不靠谱的地图寻找"蹊径"，顺利闯进了沿海岸抽疯癫狂的红石子小路，再穿过一片骑滑滑到爽的红沙漠，误入了这片让夕阳醉了的海滩。

看似是一次偏离，又好像是刻意而为的缘分天注定。也许就是脚已不听使唤跟随着天边的夕阳醉得迷失了方向，跟到了这片如血的天堂。天穹像被包围，这绝不是真实的世界，更像是让你安然呼吸的妈妈的孕床。

夕阳醉了，沙滩也醉了，我们光着脚丫，甩动头发，背着青春在沙滩上肆无忌惮地奔跑，没有痛，只有纵情的欢笑。

天色已晚，本来也不喜欢在人群中扎堆儿的我们，决定就在这个绝妙的海边，享受一次海滩扎营的浪漫夜晚。那些种种关于海边扎营的浪漫幻想，终究只能成为幻想，体会过了，就知道那东东只有言情小说家才能描绘得出什么在海滩滚床单一类的狗血剧情。如果我说出了事实，也许有很多人会因为我破坏了他们的美梦而不爽。

可事实是真的不爽，很不爽，非常不爽！咸湿的海风伴随着残留的汗混杂着海沙，一起像502强力胶一样地粘在你的脸上、背上、耳根、腋下、双下巴和胸膛。如果说骑车有翘臀的功能，这一刻我要诅咒它，那些夹在股间无处释放的海沙啊！不断摩擦，摩擦！擦！擦！擦！

我再次毫无悬念地在安然入睡的叶子身旁上演了失眠，海浪翻滚在耳畔，

MOVE SLOWLY AND KNOW YOURSELF

一起，一落，海上一轮明月升起，轻轻闭上双眼将耳机塞进耳朵里，播放着那首宋冬野的《莉莉安》。这首源自一个精神分裂似的梦的歌，一千个人有一千种解读，而对于我，那个孤独的人，是那个少年。他追逐着他的梦，而我追着他。他在海上撑着帆船，不惧危险，而我的心里撑着他，提心吊胆。我祷告黄昏也祷告黎明，我等待着他回到海岸，可突然一日，我迷失在了海滩，丢了他的一切影踪。

时间空间再次错乱，这里究竟是哪里？是雪山脚下的那片湖泊？还是一直出现在梦里的无人沙滩？我又是谁？我分明感觉到了痛，那里曾经被击得整个稀巴烂。是的，我又不争气地想起了那个骑着单车和我一起追梦的少年，只是不再流泪，我已经无法清晰地想起他的脸，只有一个远在天边站在夕阳中的剪影，身旁平躺着他的单车，他拿起他的竖箫，吹奏着大话西游里的《一生所爱》，"苦海，翻起爱恨，在世间，难逃避命运……"

是的，每个人，都曾是那个莉莉安。

Vietnam / 越南·越南

Vietnam
越南・越南

MOVE SLOWLY AND
KNOW YOURSELF

22. LUCOFFEE 里喝英语

"做你的男人 24 个小时不睡觉",此前我一直认为这样的男人只能是一个传说,可在胡志明我却亲自见到了只在传说中存在的传奇男子。

他叫 Wolf,我是 Lion,于是他不管不顾地硬丢给了叶子一个新名字"Tiger",于是我们成了森林肉食三人组……

这个住在咖啡厅阁楼上的男人,拥有一份家电外企市场部的朝九晚五的全职工作,晚上经营着这家 LUCOFFEE,周末又要去到位于 400 公里外的美奈的家去尽一个好丈夫和好爸爸的职责。不管是清晨,还是傍晚,他永远是那样神采奕奕笑容满面,如果有"不睡觉"铁人赛,他定能代表越南国家队参赛取得傲人的成绩。他让我总想感叹,这得打多少越南鸡血才能保持这样的状态?

我们在胡志明的落脚点,选择了一个只在晚上营业的咖啡厅 LUCOFFEE,

Vietnam / 越南·越南

Wolf是这里的主人，住在第三层的阁楼里。Wolf说，我的LUCOFFEE不喝咖啡，我们喝英语。是的，这里是我见过最称不上"咖啡厅"的咖啡厅，比北面山里的那些咖啡厅还不像话。因为这里并没有咖啡，也没有什么酒水单，所有的饮料都是相同的价格，无非就是些用浓缩果汁兑水的玩意儿，目的只是为了大家坐一起交流不至于太口渴。服务生？这里只有鬼头鬼脑洗不太干净杯子边干活边玩的兼职大学生。每晚都有不同的主题，音乐、生活，各种话题，只是这里有一个和别的咖啡厅完全不同的规定，凡是走进了LUCOFFEE的人，英文便成为了唯一的交流工具。他们就是这样drinking English。这个规定也同样适用于入住于此的我们，所以叶子一时间有小小语塞，常常沉默地躲在二楼杂层看书发呆，差点儿憋出了内伤。

LUCOFFEE不光没有酒水单，这里也小得只能住下一个单身汉。三楼是Wolf的私人空间，开放的只有一二楼。一楼有吧台、厕所、方桌和靠墙的条凳，1.5平米大的厕所简陋得只有一只孤独的马桶，刷牙、洗脸、蹲厕和冲凉都用这一个马桶解决，用马桶水冲凉除了水不是热的外，也让我总感觉那几天自己的头发和身体都带着股淡淡的大便味儿；第二层充其量可以说是只有5个平米的走廊，我们晚上就睡在这个狭窄的小杂层，两层楼加起来不过12平米的面积。我们的单车都没办法放到店里，只能停在门口作招牌。面积虽小，可人气却很旺，LUCOFFEE位于一个仅两米宽只够两人错身极难找的小巷深处，可这里每晚都会聚集十几个越南年轻人，他们有周边大学的大学生，有刚刚走上岗位的或者刚失业还没有找到方向的青年。

如果我们没有在河内体验过大学生的生活，我不会对胡志明的大学生的上进和开放感到意外，同样的一个国家，这些只是生活在相距一千多公里的不同城市里的年轻人，整个思想意识却相差甚远。这里的年轻人基本不存在"害羞"的状况，见到我们就那么大大方方地招呼，自然而然

**MOVE SLOWLY AND
KNOW YOURSELF**

地相处一室。没有任何刻意地关注，没有人觉得我们有太大的不同，一切都跟平常一样，来到LUCOFFEE，谈天说地，弹着吉他，唱着英文歌。

周四的夜晚，Wolf把晚间的英语交流主题安排给了我，希望我可以分享一些旅行的经验，他告诉我，别看这帮小孩儿表面上很开放，可他们骨子里还是走不出这限制他们的几百个平方公里。事实也正如Wolf所预期的那样，也许他们已经见惯了范五老街上背着大背包拎着啤酒走来走去的鬼佬，可以毫无压力地操着一口标准美式英语和老外交流，可他们对于胡志明以外的世界，却基本一无所知，并且带着对越南北方年轻人一味偏执的诋毁，即使他们也从未去过河内，不认识任何的越北年轻人。关于旅行，他们脑子里所能想到的，也就是坐着巴士去去美奈，去去芽庄，并且在座的大多数哪儿也没去过，更别提坐着飞机出国走走。Wolf仅仅提议一起骑着单车，去30公里外的小溪边度过一个惬意的下午，都把这帮孩子吓得慌忙找出各种不靠谱的借口。

关于旅行的话题，遭到了前所未有的冷场，只好切换一些轻松休闲的八卦。开始说电影，所有人抢着接话，周星驰、成龙、李连杰、周润发，各个老牌的中国香港明星，估计越南的翻译更新慢了中国十几年，说出来的都是我在小学初中时候看的片子，当然少不了那部每年暑假都会重播的《西游记》。说完了功夫动作片，我突然问到，那你们知道哪些中国的女明星，结果我只听到两个拥有叠字的女性，其中一个我真说不出，她是否算一个明星。她们分别是"甘露露"和"范冰冰"。

原来她们俩在越南一样有名。

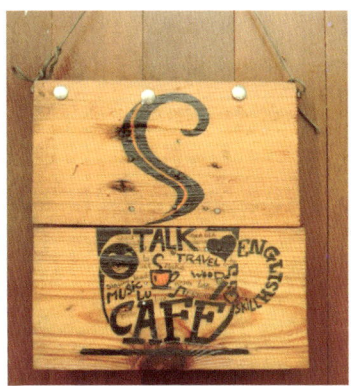

*MOVE SLOWLY AND
KNOW YOURSELF*

23. 无法继续往南，那就转弯向西

2800KM，终于从南宁骑到了胡志明（曾经的西贡），我俩情绪极度高涨，因为到这里，越南的骑行行程就算结束啦。

接下来的几天，我们可以尽情摆着大字，想怎么懒就怎么懒。

每每一有大把时间闲下来，我俩都不想再碰那辆即便卸下所有行李的自行车，这就是话说感情再好的两口子，不也都有偶尔看腻的某一天么？只是没人敢说出来罢了。

打空手，甩火腿，顶着烈日，把西贡里里外外扫荡了几圈。中央邮局、西贡王公圣母教堂、战争博物馆、统一宫、市政厅、范五老街堤岸华人区、金边市场，虽然西贡也算是"大"城市，所谓景点还是那些老套的邮局、市场、皇宫或者背包客集散区，可我对这里却有说不出的喜欢，喜欢这里法式建筑里透着的那种古老和浪漫，即使它并不属于这里，仍然让我痴迷，一想起国内无论哪里清一色的白墙灰瓦不锈钢门窗，总想感叹为何我们的生活如此呆板严肃，可否偶尔也来点儿如此大气的小浪漫？

打着寻找"水上市场"的名号，实则是我的浪漫情愫再次作祟，像个犯花痴跺着脚不能好好走路的小女生，试图找寻《情人》里的那片湄公河三角洲，煽动叶子租来小摩托车，跑到更南边的槟椥和美荻。那片内心深处，我以为的能给到越南最标准的定义的地方。

以为那只渡船仍然静静地停靠在喧嚣的码头等我，载着我在湄公河黄色

的浊流里缓缓离岸，以为街道老房子的木窗满溢着殖民地时的浓烈色彩，以为湄公河两岸依旧有潮湿而肮脏的空气与昏暗街道，以为能寻觅梳着两条辫子、戴着男式草帽一身白裙的法国小女孩，还有那个梳着油头、穿着标致白西装的地主家的中国少爷。所有我以为的所有，都让我对湄公河三角洲这个地点有了极不理智又无法抑制的盲目向往。

可追了好远好远，从黎明追到黄昏，从暴雨追到艳阳，Google地图上定位的那个"水上市场"只不过是一条浑浊小河穿过不新不旧的石头桥，两岸堆满了扎在水里的灰色破棚屋，胸部干瘪、头发凌乱的越南大妈走出棚屋往河里倒下一盆洗过头的脏水，我俩痴痴地从夜晚守到清晨，在这片孤独而狭窄的河面，只守到了载满摩托车毫无情调可言的破烂渡船，却没能守到传说中色彩饱满、卖水果、卖荷花的香蕉船，傻了吧，没买门票，就想看到精彩的秀？那些传说中的"传统"早就被围上了围墙，只待你砸下钞票，想要少爷有少爷，想要姑娘有姑娘。

拖着夹脚拖，一脸怨气地穿行于河岸边的批发菜市场寻找早餐，脚底却突然间传来了我试图在寻找的那些潮湿和肮脏，抬头看看四周，挑着担子卖艳丽菊花的妇女，载满三米高竹篓的三轮车夫，从货船上卸下的一筐又一筐刚采摘下的新鲜龙眼和香蕉。其实有时候，我们口口声声地嚷着要看"最真实"的答案，可真实往往缺失我们所想象的美感，于是拒绝接受，宁可把秀场当成了真实生活的展场，只需要微微一个转身，这一切都正真实地在身边噼里啪啦舒展地发生着，只是大多数人都和我一样，无视真实的存在，继续做着白日梦。

在胡志明的几天，叶子一时大意弄丢了三样装备，码表、电筒、修车工具。在美荻的一晚，叶子突然发现钱包里，之前放好的两百美金不翼而飞，替而躺着两张一百美金的假币，而且是冥币，其他东西都在，极其神奇诡异。

**MOVE SLOWLY AND
KNOW YOURSELF**

毫无证据可依，无法找到任何合理的解释。叶子脑袋瞬间混乱，智商为零，后来只能归结为——估计刘谦来越南了。

胡志明到柬埔寨口岸七十多公里，一天的行程即踏入异境柬埔寨，又一个未知的地方在前面等着，一切返回梦中，自导自编的梦，那么期待，那么惊喜……

再见，越南。

你好，柬埔寨。

临走前，到中央邮局，给朋友寄明信片，也顺带着给自己寄了一张，鼓励自己继续往前。

天空是永恒的家，
大地是我的王国，
生活就像飞翔。

青春时的空气有阳光有花香，
我只希望如果时间倒回，
我会爱上从前的自己。

当我们经历了那么多"不可能"到"可能"，
一定一定保护好我们那颗追逐蝴蝶孩童般的初心。

无论我在哪里，
我用我的眼我的心，
去看去体会，
这个世界的每一处细节和呼吸。

MOVE SLOWLY AND
KNOW YOURSELF

115

Vietnam / 越南・越南

*MOVE SLOWLY AND
KNOW YOURSELF*

Cambodia

柬埔寨·简朴寨

Move slowly
And
Know yourself

我分不清谁是人
分不清谁是动物
分不清谁是树木
食物也血肉模糊
堆满了整个国度
随时把饥饿满足
我与我的单车跳舞
我与我的单车跳舞
对未来我从不
对未来我从不
对未来我从不在乎

我分不清谁是你
分不清谁是自己
分不清谁是父母
无论欢乐与痛苦

蜘蛛伟人与老鼠
这些有谁能留住
我与我的单车跳舞
我与我的单车跳舞

我越想停就越停不住
我越想停就越停不住
我与我的单车跳舞
我与我的单车跳舞
……

——改编自谢天笑《与声音跳舞》

问：什么地方天天 45 摄氏度高温却没有冰箱？
答：五月的柬埔寨乡下。
问：什么地方家家没有冰箱可处处都卖冰？
答：吃冰像吃盐的柬埔寨。
问：什么国家没有淋浴？
答：那个没有自来水家家摆满大水缸的柬埔寨。
问：什么国家拿虫子当主食？
答：那个眼见之处一片荒凉没有稻田的柬埔寨。
问：什么人把油炸蜘蛛当小吃？
答：热情勇敢的柬埔寨人民。
问：哪个国家光皮带尾老鼠路边烤？
答：那个什么恶心吃什么的柬埔寨。
问：什么国家的小孩儿不穿衣服在水塘里打滚儿？
答：黑作一团却笑容无比灿烂的柬埔寨小孩儿。
问：什么地方苍蝇和蚊子工作 24 小时？
答：那个让你片刻不得安宁的柬埔寨。
问：哪个国家有一个景观叫"洗小孩儿"？
答："洗小孩儿"总共分 3 步走耗时不到 3 分钟的柬埔寨。
问：哪个国家的夕阳最美？
答：那个最破却最美的柬埔寨。
问：什么地方五月绚烂如火？
答：那个凤凰花开遍城市和乡村的柬埔寨。
问：什么国家小得只剩一个圈儿？
答：那个国家的公路就一个圈儿的柬埔寨。
问：什么国家寺庙最繁华最美？
答：那个拥有信仰比吃饱饭更重要的柬埔寨。
……

Cambodia
柬埔寨・简朴寨

*MOVE SLOWLY AND
KNOW YOURSELF*

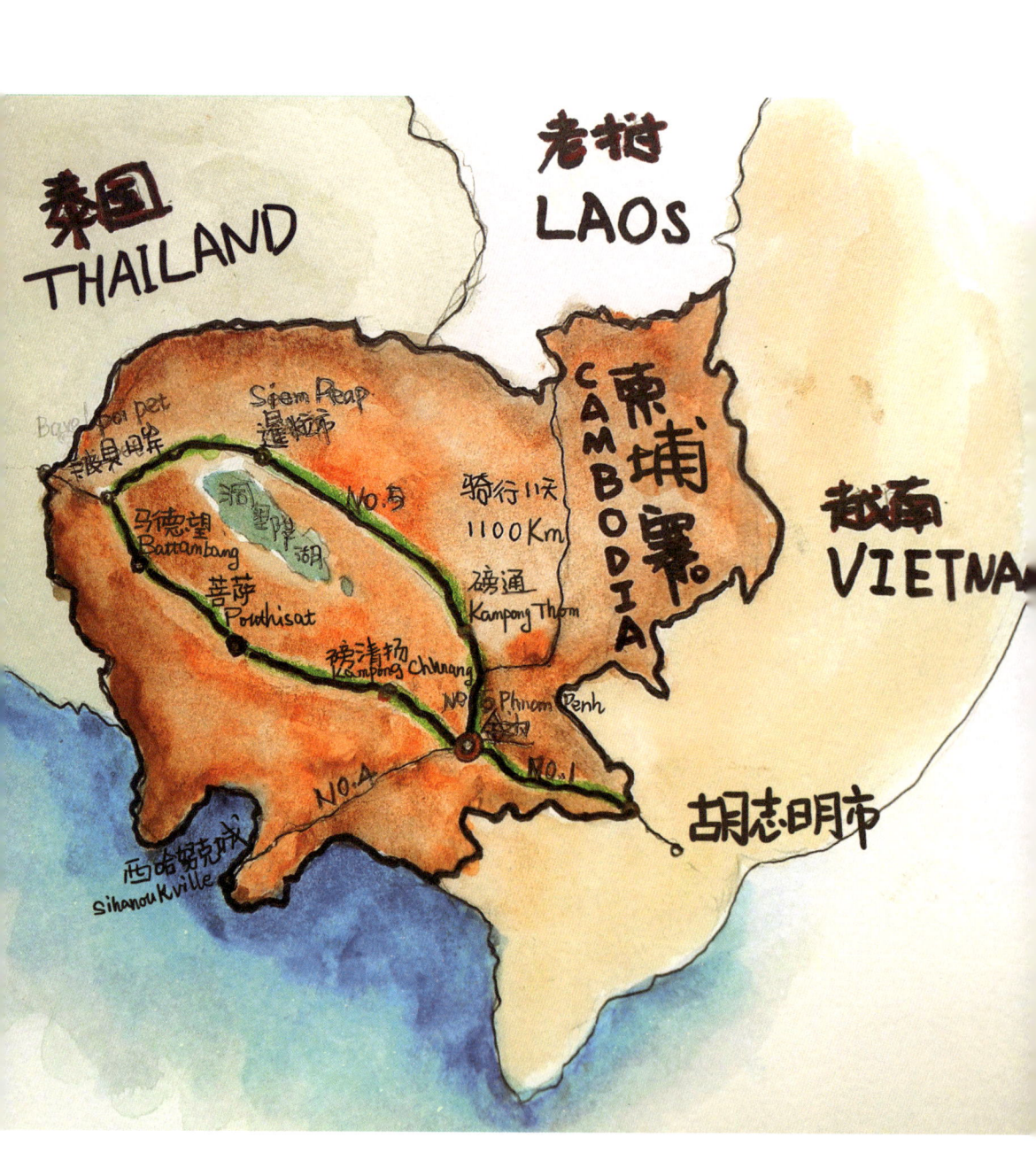

Cambodia / 柬埔寨・简朴寨

如果要我用一个颜色来画五月的柬埔寨，我会选择"绚烂的红"，用极繁杂的线条和饱满的印度红描绘散落四处的寺庙，用艳丽的橘红画随处可见披着袍子的僧人，用珊瑚红画处处盛放的凤凰花，用火红画炽热的艳阳，用血红画每晚让人痴醉的夕阳，用绯红画善良的柬埔寨人脸上绽放的灿烂笑容。

这么一个夹在东南亚大国中间的小小国家，在这里骑行根本用不着地图，更不用做攻略，整个国家就那么一条贯穿的环形公路，绘制地图的人，怕领导觉得看着太寒碜，只好心虚地把它砍成了好几段，分别标上数字1—7，看起来充实了许多，并且有模有样地在地图上标上 NATIONAL HIGHWAY（国家高速）。我们从边境沿着 N0.1 骑了 160KM 就到了金边，跟着 NO.6 上行 390KM 去暹粒，再沿 NO.5 下行 550KM 回到金边，除了金边去往西哈努克的 NO.4 我们没有经过，这个国家重要的几条干道都被我们踩了个遍，但总共加起来也只不过 1100KM，骑行 11 天。

毫无准备地，应该说我们太轻敌，小看了这个巴掌大、形态像只温顺的小兔子的国家。我们单纯地以为行走在越南两个月就可以变得刀枪不入、宇宙太空霹雳无敌了，结果到了柬埔寨才知道什么叫生活不易，之前那些所谓磨难充其量只能算刚入门的基础 1.0 版！

MOVE SLOWLY AND
KNOW YOURSELF

1. 暴风雨前的糖衣炮弹

进柬埔寨前,我们并没有提前办好签证,网上鲜少有前辈们关于骑自行车从越南进柬埔寨的先例,只有提到背包客才可以找旅行社买大巴票顺便代办,Wolf告诉我们直接去口岸办理落地签就行,但心里还是没底,烧骨油不像烧汽油,即使只有短短75公里,心里仍然无法坦荡平静处理,任何的折返或阻断,对我们脆弱的坚持都是致命性的打击。

到了出入境口岸已是下午六点,本打算附近找个地方住一晚,第二天赶个大清早,趁着工作人员还没完全清醒,来个浑水摸鱼,不管有事没事顺利把我们放过去。可出境口岸四周看起来全是稻田般荒凉,而出入境的建筑在夕阳中闪闪发光,看起来如此金碧辉煌,召唤着我们上前。

只是抱着先去摸摸地形的心情,没想到就被工作人员一路领着浑浑噩噩地赶上了末班车,排队盖章出境,到了柬埔寨那边入境口岸,填表,输入指纹,交了22美金,不用行李检查,只等了10分钟就拿到了我们的VISA,轻松得到一个月时间,这么小个国家,足矣。

如此轻松如此迅速地拿到签证,有一点小惊喜,可也让我们心里有小小失落,好歹也和越南谈了48天恋爱,怎么分手分得这么干净利落。有种像被前任玩腻了一脚蹬了,再转手送给了下家的感觉,虽然下家特别稀罕你,可你也难免觉得前任实在太无情。

出了入境口,进入视线的却是好一派繁华万千的花花世界,各种夜总会、赌场、酒店、餐厅、霓虹灯闪烁,无数中文招牌,一时时空错乱以为到

Cambodia / 柬埔寨·简朴寨

了东莞，可身边出现的人却不再是跟我们看着差不多的越南人，而成了清一色酱板鸭肤色的柬埔寨人。这地方在柬埔寨叫"Bavet"，中文地名"巴域"，是个边境小镇，而这里的繁华和口岸本身没有太大的关系。据说柬埔寨政府规定金边市区只允许开设一家赌场，而其他的必须在200公里外，所以这里诞生了一家叫巴域木牌的大型跨国公司，华人开的，里面的大多工作人员据说也是中国人，台面上讲是经营酒店、娱乐、国际贸易的跨国企业，而实则这里就是大赌场，当然也就少不了其他外围业务。每天无数大巴经过这里接受边境检查，来来往往，也带来无数中国人、越南人来这里消费。

找一个客栈住下，房间干净，价格便宜，极好的房间也就40块钱一晚，只是没有标间，只有大床房，商业嘛，永远优先服务于市场需求。出门觅食，取美金，买新电话卡，匆忙换了一把瑞尔，却发现这里人只收美金和越南盾，瑞尔因为汇率极不稳定人人鄙视之，后来除了在少数的乡下喝个甘蔗汁，基本都用美金。在附近找到一个写着中文的"加华银行"，竟然取现不收手续费，后来在柬埔寨把接下来要用的现金差不多都在这银行给取了出来，省下不少银两。

找个餐厅吃饭，服务员英文流利，还有中文菜单，饭菜便宜可口，隔壁桌的胖大叔还非要请我喝一杯啤酒，我大大咧咧地想也没想，端起就喝，事后才觉得我太大意。叶子困意来袭先回，我在餐厅靠大马路边斜着个身子偷隔壁酒店的免费网络，接近十一点才收拾东西准备回去。一站起来才突然意识到我穿着稍显暴露的吊带短裙，身携巨额现金和iPad，一个人披头散发行走在边境小镇荒凉漆黑没有路灯的马路上，徒步1000米回旅馆真是件危险至极的行为。正当我蹑手蹑脚往前走时，凉风吹袭我清凉的后背，阴风阵阵，汗毛直立。突然从远处两辆摩托车疾驰而来，靠我极近"嗖"一声擦过去，有一只手在混乱中触碰了我的手臂，车后

**MOVE SLOWLY AND
KNOW YOURSELF**

坐着的小青年还一边吹着口哨,吓得我死死把包抱在胸前呆立原地。开过去的两辆摩托车一共4个青年,在我前面30米处停下,好似商量着什么,一边还在欢乐地对我打招呼,不过几秒后,他们估计有比我更重要的约会要赴,跟我拜拜后就走了,剩我自己一人惊魂未定地傻站在尘土飞扬的路上,确认他们不会再回来了,立马拔腿就跑。我的亲娘哎,我怎么从来就没有半点忧患意识,又是叶子不在场,自己一点也不小心。没敢跟叶子说发生了什么,等我灰溜溜回到旅馆,他像我老爸似的用低沉的声音提醒我,你一个姑娘家家,晚上穿成这样,还是早点回来好不?谁又知道柬埔寨男人的喜好?

新的国家,新的语言,新的汇率,连人的模样和肤色也有了大的改变,又要开始新的适应。可各种热情的笑脸,顺利的签证,美丽的夕阳,可口的饭菜,干净便宜的旅馆,除了可能"不怀好意"的飞车青年,好像一切都挺顺利,顺利得让人不安,难道暴风雨就要来临?

Cambodia / 柬埔寨・简朴寨

MOVE SLOWLY AND
KNOW YOURSELF

Angkor What

Cambodia / 柬埔寨・简朴寨

2.小姐你太漂亮，请与小和尚保持距离

柬埔寨的公路和越南公路相比，路面来得更"简单""粗暴"，像工人只记得把粗糙的沥青铺上打了个底子就撒手不管了，整个就是缺失了几道工序的半成品。高温的天气毫无遮挡，晒得沥青路面变软呈波浪形，车胎抓地力增大，骑大齿轮外胎的叶子比我的半光头车胎更吃亏些，用平常骑行20KM的力量也只能跑出15KM的速度。走遍了整个柬埔寨的公路，即使是最主要的几条交通要道，也仅仅为双向两车道，汽车、摩托、自行车、牛车、拖板车、行人牲畜混行，除了城市少数的路口，交通灯都难寻踪影，更没有什么限速规定，再牛B的SUV在柬埔寨估计也顶多跑出60KM的惊人速度，规则和警察在这个国家没一样好使。每天都会在路上看到无数想象力丰富的柬埔寨人民上演着各种高难度杂技，破烂的面包车和皮卡，里面外面，上面侧面，所有能用到的地方，只一根绳子就能把一切你能想象得到想象不到的东西连人和动物一起都给捆绑上去，只要轮子能转车不翻，通通都给拖走。

仅仅粗糙的路面，炎热的天气，不太宽敞的路面，对我们这样所需空间不大、行动灵活的山地自行车来说，倒不是什么大问题，大不了慢慢骑。可别妄想着柬埔寨是那种让你来找舒坦的地方，从边境到金边仅仅160KM，我们骑行两天，每天平均爆胎两次，有时候一次双洞，有时候前后两次间隔不到10分钟，而在越南我总共才爆了两次。路边通常找个树荫都不易，好不容易看到棵大树，刚把车推过去靠着停下，一分钟之内身上车上爬满巨型红蚂蚁，咬一口麻上半小时。检查车胎，没有发现熟悉的小钢刺，却总是拔出一块块让我们充满仇恨的碎蚬壳（柬埔寨人爱吃用盐和辣椒凉拌生吃的小河蚬，吃这货就跟我们满大街的大娘爱嗑

**MOVE SLOWLY AND
KNOW YOURSELF**

瓜子，属同类仅仅活动脸部肌肉却没什么饱腹感的运动，吃完壳满地乱扔，于是碎蚬壳就成了骑单车的人眼里安插遍地的"地雷"），在外胎和内胎上割开长长的口子，连割几次，让本来脸就黑的叶子脸色更黑。被逼无奈只好到了金边找到一家 Giant，扔了我的半光头胎，换了坚硬的大齿轮车胎，不求速度，只求让我妥妥地踩完这个不让我安宁的鬼地方。

第一天骑行了 90KM，除了中午途经一个小得只有几条街的柴桢"省"（柬埔寨人比例尺用得真大），没能找到距离合适、稍微像样的"小镇"让我们休整，遂决定随机行事。夕阳下，路边一个气派的寺庙让我们驻足，寺庙上空好像佛光闪现，门口一块路牌写着："SLOW DOWN"，缘分既然来了就随它吧，便和叶子商量着，我们出来这么久还从未借宿过寺庙，要不在这里试下。

毕竟是佛家地界，我一个女子实在不便出面，叶子推着车上前询问，一群穿着橘色僧裤的和尚激动得叽叽喳喳和叶子说半天也没弄明白什么个情况，以为他们不能接待我们，正准备放弃离开。后来选派一个代表过来用英语彬彬有礼地告诉我："小姐你太漂亮了，这样的你在我们这里借宿对一群年轻躁动的小和尚来说是危险的。不过呢，如果你们想要留下来是可以的，请跟着我去再里面一点的寺庙里，那里你们可以扎帐篷，那里住的都是老和尚，他们比较淡定。"

在一群目光亮闪的小和尚的注视下，我们推着车，到了主庙宇后面的一排小房子，而给我们扎帐篷的地方，其实也是寺庙，地面铺上干净地砖，只是四面无墙，却有满屋顶的佛教壁画和供奉的佛像。

太阳忙活了一整天打算打卡下班，整个地平线被染得金黄，滚烫了一天的热浪渐渐退去，远处孤单的几棵棕榈树勉强撑撑场面，眼前骑神兽的高大神明拿着他的兵器继续守卫着这片不管是贫穷还是富有的大地。轻轻地走在这个开阔巨大却没几个人影的寺庙，整个世界好像瞬间自动开了静音，只听见小和尚正用树枝做成的扫帚打扫着飘零的落叶。还有自由自在生活在寺庙屋顶的一群乌鸦陆续归家，可能它们知道，只有在这里，没人嫌弃它们，没人伤害它们，在这里它们才能堂堂正正地当上一回"好鸟"。

待我收拾妥当，坐在庭前继续观望着夕阳一点点落下，打扫完卫生的小和尚，也尝试着向我这个"漂亮的小姐"一点点靠近。他们大多年纪很轻，平均只有十四五岁。其中一个胆大的和尚靠过来，表情极其严肃地用英语跟我提问。注意我的用词，是提问，而非交谈。他像记者一样，一个紧接着一个地向我抛问题，对我的回答不作任何评价，前后问题也不怎么连贯，跟打霰弹似的，问了很多，无关痛痒，也没有中心思想。

"你从哪个国家来？"
"你以前去过别的国家么？"
"你为什么出国？"
"你们说英文的么？"
"你哪儿学的英文？"
"你们的国家也有和尚么？"
"你多大了？"
"你做什么工作的？记者么？"
……

而我像一个外交官似的一一回答他提出的无数严肃而枯燥的问题，末了，我等着他给我一点他的思想回馈，结果小和尚绅士地跟我道别，说到饭点儿了，随即离开，落我一个人莫名其妙呆滞地坐在原地，没明白这是什么个意思，查户口的？

**MOVE SLOWLY AND
KNOW YOURSELF**

半小时后，还是原先那个小和尚，只是带了新的小和尚一起加入他的记者团，再次向我靠近，我以为会有些些改变，也开始主动地问起他问题来。

"你们英语不错啊，哪儿学的？"

"你们规定，和尚不能跟漂亮小姐靠太近么？"

可我们如开新闻发布会式的角色场景设定让我的提问反倒显得不合理了，只见小和尚一脸困惑的表情，哪有外交官在记者会上反问记者问题的。勉强回答了一点我的问题，答得比我还不耐烦，整个表情好似在说："你只要好好老实回答我的问题就行了，怎么那么不懂规矩？！"又是一阵噼里啪啦的密集提问，我愈加不耐烦了，像被狗仔惹怒的明星似的，干脆不答了，不理他们自顾自地收拾起晚上的床铺来，他俩看气氛好似确实不太融洽了，才只好再次绅士地告别离开。也许他们对我的答案也不是那么真正感兴趣，也许他们的英文只够提问，还没法交流，不过这种全程无表情、无交流、无主题的对话并没有让我感觉亲切和欢喜。

我能理解和接受佛教中"不近女色"的戒律的用意，可将其教条主义地理解为"不能和女性同坐""不能与女性独处一室""不能和女性单独说话超过5句"等等这样的形式上的条款，难免让我感觉是那么的不自在。

帐篷不能扎在10米之内，可50米外，您请自便；和你交流没问题，我问你答，但别过多交流；不能独处一室，可在这四面无墙的寺庙屋檐下，又无伤大雅。这些宗教教条无形地拉开了这些小和尚和我之间的距离，我们没有真正真诚地交流，也许他们认为那是保持清心寡欲的方式，可我却分明感觉到了一种冷漠和刻意的回避。罢了，罢了，我们这些没有信仰的人类，永远无法真正明白他们的世界。

只是让人笑话的是，在我们已经躺下的后半夜里，明明听到隔壁老和尚的棚屋内传来中年妇女娇嗔的笑声响彻寺庙上空，我倒宁可希望我和叶子同时产生了不应该的幻听。

MOVE SLOWLY AND
KNOW YOURSELF

3. 管不住的嘴："邪"寺遇险记

进入柬埔寨第二天，我们坐着轮渡跨过了湄公河，只仅仅60公里即将到达柬埔寨的首都金边。这个国家真的太小，一不小心就给穿过去了，要挥霍完这过分充裕的30天，反倒成了需要绞尽脑汁谋划的事情，脚下的速度也放得比平常更慢些。

午饭过后，我们正悠然地骑行最后的30公里，如果一切不出意外，这最后的30公里将会风平浪静如已经踩过的3000公里，大约下午3点我们将会到达金边"沙发客"家里。可就在这时，在离主路大约两百米处的棚屋背后，一个黑色的建筑却进入了我的视线吸引着我挪不开眼，那是一座小规模的黑色寺庙，一座极其与众不同的小寺庙，虽然一开始我也搞不清楚它哪里与众不同。

自从进入柬埔寨后，路边散落着各种大大小小的寺庙，大的占地几十亩，小的也能顶个一般规模小学校，大多寺庙颜色鲜亮，砖红和土黄较为常见，四面佛林立满地。刚进入柬埔寨时，我和叶子一看见寺庙便要进去乱逛一番，跟刘姥姥进了大观园似的，不断发出各种感叹，拿着相机对着四面佛多角度拍摄，主要因为越南在文化方面与中国的过分雷同而造成我们这种过度的兴奋状态（越南境内的寺庙几乎与中国无异，虽然在建筑风格上有小小差异，但处处都写着中文，又不如中国的壮观，难免感觉在越南待的48天有点文化上的营养不良）。可当一天内路边出现十几个相同规模，大同小异的寺庙时，审美疲劳立即上升开始出现轻度妊娠反应。

在如此审美疲劳的状态下，我们却同时被这个在远处静静待着的小规模寺庙所吸引，推车前行，一步步靠近。如果远看的特别可以归纳为一处有独特风格的黑色寺庙，那仅仅只是它的轮廓和表象。在进入主庙的门道前，便是极其完整而高大的七头蛇守护神娜迦，以及分列两排整齐半跪的卫兵。门口的道路很窄，卫兵很高大，凑得特别近，近得让我不敢呼吸，推车经过其中显得特别小心，生怕一下把沉睡的他们给吵醒了，把我们给收了去。进了园子里，迎面一个士兵拿着武器踩在一条七八米长的白色麒麟巨龙之上。一转身，目光穿过茂密的凤凰花枝，终于看到了远远就吸引着我一直走近的那座神秘主庙。主庙并不算高大，也许因为靠得太近，也许它有一股无形的气息压着我，只有用力抬头才能看清它的全身。只见无数根被盘蛇包裹的黑色石柱一直往上延伸至门梁，细长的蛇尾纠缠在一起，庙顶雕饰着大大小小的七头蛇飞檐，整个庙宇仿佛已经被盘蛇吞噬，眼见之处，处处是蛇，栏杆、扶手、窗檐，甚至墙上的浮雕，只剩庙顶神态依然淡定自若的四面佛头。

虽然我知道柬埔寨属于印度教的支系，在他们的佛教文化里，七头蛇娜迦是掌管生死的神，是守护佛法的神灵，象征的是吉祥、平安、力量和守护，并非如中国和西方的文化当中蛇更多的是"邪恶"的化身。可这种让人喘不过气的守护，仍然让我不寒而栗。

脱了鞋，轻轻悄悄地步入殿堂，内堂并不大，室内并无人看护，到处挂满亮闪闪的节日彩带，和室外的气氛形成强烈对比，让我有点错愕，请问这是在过圣诞节么？先沉住气，仔细打量这个不大却有点凌乱的小空间，殿堂内并没有供奉如中国寺庙里如来观音之类的大佛像，布置也并不严肃，倒挺像某个私人住宅的客厅。虽然没有什么大佛，可就在殿堂之上又站立着好几尊长相颇似《西游记》里"太上老君"的真人大小雕像，扎白色发髻，留花白长胡须，手拄拐杖，让人越来越不明白这里到底是印度教的支系，还是中国道教的海外办事处，这在柬埔寨甚至是后来逛过的泰国寺庙里，都是没有见过的。而仔细观察这几尊"长者"雕像，霎时间让我的错愕感到了无解的地

MOVE SLOWLY AND
KNOW YOURSELF

步，两个瞳孔放得巨大，心里开始不断问自己："这到底是个什么地方如此诡异？！为什么要给这些长者穿上类似于豹纹吊带露背裙的东西？！"不觉中身体开始缩紧，比此前更加小心翼翼，眼睛不敢直视，佯装平静快速地扫视堂内的其他地方，侧边墙上挂着一张张大幅的照片，照片里那个画着眼线涂脂抹粉穿着怪异的男人，他那妖魅的眼神一下子让我有点丢了魂儿。眉头紧锁，脚步默默后退，身上汗毛直立，问号和叹号充斥着我的大脑，阻止着它正常运转。赶紧跨出殿堂，叶子正巧在门外拍照，重见透下来的艳阳，我好像瞬间有了胆量没心没肺地把心中的那些疑问用中文对着叶子说了出来："你觉不觉得这个寺庙很邪乎？那个照片里的男人怎么让我感觉有点变态？"叶子不语，深深叹了口气。

没有多逗留，在那里让我感觉呼吸困难，心脏狂跳不止，血脉偾张，匆匆离开，出门时头放得更低，怕被门口的卫兵发现了我的心虚。

回到主路后，我便开始沉默不语，一时语塞，我不知道应该用什么样的语言去表述之前所见所感受到的一切，那些我从来不曾相信、认为荒谬的东西，好似一直跟着我。就这样骑出去5分钟，我的身体开始出现了异样的反应，腿如灌铅，眼皮拢拉，视线越来越模糊，呼吸越来越困难，声音越来越大，我开始颤抖，是害怕，我知道，绝不是中暑，是对那一点点占据我整个大脑的气息感到恐惧，用最后一丝力气叫住了骑在我前面的叶子，就近找了一个甘蔗汁小摊儿便倒下，就在这分秒间整个世界瞬间在我眼前被关闭。

不知道过了多久，我才慢慢睁开双眼，这个世界才又再一次一点点地为我打开。用眼睛注视着自己的身体以及眼前的一切，确定自己还活着，偷偷松了口气。眼前的叶子表情凝重，我看出了他的认真，这一次容不得半点玩笑："以后在寺庙，特别是四面佛的地方，最好保持沉默，这是为了你好。"我没有半点要反驳，我知道自己犯了禁忌，一边大口灌下一整缸的冰水，一边点点头。

这次，只是一个教训，谨记！

PS：回来后，我试图在网络上搜寻任何关于这个寺庙的介绍和信息，也拿着地图和图片询问过很多住在金边的当地人，却没有一个人知道或者解释这是哪个寺庙，我的遭遇又是怎么一回事儿。虽然我作为一个无神论者不想从任何不合乎常理的角度去承认，虽然我试图想用一切科学而理性的方法去解释，但仿佛连我自己都无法真正地说服自己，因为时至今日，但凡我谈论或者撰写这段回忆，仍然处在一种惊悚、敬畏之中。

MOVE SLOWLY AND KNOW YOURSELF

4．一窗两世界

给总是很认真严肃的丹：

柬埔寨的公路真的很糟糕，沙石漫天，突然就会不小心掉进大坑摔个狗吃屎，我不能自在地去看路边的事物，必须时刻保持警惕。这个国家让我看到了更多的贫穷，满地乱飞的苍蝇和蚊子，到处是不穿衣服光脚乱跑的小孩，他们在泥塘里和水牛一起游泳嬉闹。荒凉的平原上全是一棵棵直立的热带大树，树干光秃，树顶一团棕叶，天气炎热得找不到一处阴凉可以躲避，更难奢求寻得一丝的凉风掠过。骑行80KM竟难以找到一座小城，沿街的店铺大多只是售卖饮料和破塑料瓶装的汽油，破烂的草棚，一张竹板床榻，几张塑料板凳，一堆锅碗瓢盆，几乎就是他们整个的家，晚上只需要用蚊帐一挡，全家老小就栖息于此。可是在他们的脸上，我却看不到一点点因为战争、贫穷留下的阴影。他们的笑那么干净，皮肤黝亮，眼睛清澈。光屁股的小孩儿被放进小小的盆子，抹上肥皂，用凉水一淋，都不用擦干，直接拎起架在腰间，便完成了一次淋浴。

金边简直可以称得上是一座大型的Chinatown，混乱、肮脏的街巷交错，有很多的超市、快餐店。我们穿着拖鞋去菜市场买菜，空气里到处都是海鲜和腐烂菜叶发出的臭味，地上流淌着污水，一脚踩进去，让人食欲全无。卖菜的大妈大多是华人脸孔，态度恶劣，有中国人一贯的那种冷漠和不屑。蔬菜的价格高得惊人，让人无法理解为什么这里的人懒惰到不种蔬菜，或者蔬菜无法在这里生存，大多靠飞机轮船才能到达这里。我们昨晚坐着TukTuk游览了这座城市，广场上有我们20世纪80年代已经淘汰的游乐设施，我甚至想是不是中国政府把不用的旧物通通搬到了金边，

Cambodia / 柬埔寨・简朴寨

把这里弄得那么像一个堆弃旧物的仓库，那么不修边幅。我们浏览了一下金边在湄公河边的夜市，大多还是廉价劣质的衣服，乍眼一看不怎么样，仔细一看更不怎么样，相比之下，我对夜市的食物更加感兴趣，在广场上商家把凉席铺在地上，点上一堆的东西，大多用油炸烹饪，食客们盘腿席地而坐，混合着臭脚丫的味道，屁股感受着大地的滚烫。

这次金边的新加坡"沙发客"Calvin是个华人，32岁，单身，父母是从福建和广东移民的第二代华侨，能说中文，但读写困难，在柬埔寨最大的华人娱乐会所"金界"任公关经理两年，租住在华人高级电梯公寓。这个高级电梯公寓属于一个华人老板娘，里面也几乎都是华人租客，其中以广东人和潮汕人最多，虽然一直未能见到华人老板娘的真容，但从公寓的各种细节总是折射出一个穿华贵旗袍、长相标致、会优雅抽烟的中年女人，搞不好还是个柬埔寨张曼玉什么的，我猜想这套公寓背后的故事也定能拍成一部纠结痴缠的50集狗血电视连续剧。如宾馆式的标间格局，统一装修风格，配套厨房卫生间，真正的拎包入住，大到精致红木家具高档家电，小到厨房生活用品，一应俱全，甚至连床上用品都是由华人老板娘提供，品位各种精致高贵，不显俗气。更厉害的是这栋公寓里有统一的菲佣管理，每日有人定时到房间打扫卫生，包括帮租客收洗脏衣服并熨烫挂好，而要享受这一切，包括水电气和各种杂费每月仅需要支付总共500美金，而Calvin的这部分住宿的费用由他的公司支付，据说他的收入也比在新加坡的同类工作还要高。叶子各种艳羡，心动得甚至萌生了来金边讨生活的念头，还上网查看了招聘信息。

Calvin带我们去一间位于河边繁华街角二楼的酒吧，算是慢摇风格，以当地人为主，DJ是来自泰国的一个很酷的性感女生，但音乐却还是不免俗气，骑马舞的音乐一响起，就好比坐在全世界任何一家KFC吃鸡腿汉堡，总觉得老娘骑着俩轮儿不远千里来到这里，却仍然一样味道，一个调调，

MOVE SLOWLY AND
KNOW YOURSELF

失望至极。我们坐在室外的走廊，吹着河风喝tiger啤酒聊天，倒是感觉惬意不少。

同时住在Calvin那里的还有另一个"沙发客"，来自法国的女生Nolmie，皮肤白皙，身材高挑而性感，虽然实际年龄只有23岁，可一副30岁熟女的打扮和作风，一个人背包旅行，这是她第一次"沙发客"经历，总是一个人躲在阳台抽烟。因为她先到，分得主卧的半边大床，我和叶子在厨房和蚂蚁一起睡在地板上。她的英文带着浓郁的法国腔让我听起来有点吃力，以至于在最开始我一直以为她和Calvin在用法语交流。所以我们之间的交流几乎由中英文自由切换的Calvin全程翻译，叶子还是保持一贯作风地坐在角落里听着音乐，打着拍子，沉默聆听。（传说叶子对法国女生有阴影，不过这是个秘密。）

正在这时，两个身材高挑却妖娆的"女人"出现在了吧台。我正感慨她们的傲人身材时，只见其中一位白衣连身超短包裙的性感女生一个回头差点儿把我嘴里的啤酒吓到喷出来，高高的颧骨，一脸黝黑的男人脸蛋，还挂着两片超长忽闪的假睫毛，眼影的色彩浓重得像刷的亮油漆。更糟糕的是他们好像在找寻什么人，朝着我们的方向走来，只听见俩美女开口交谈，我对lady-boy还算美好的幻想瞬间破灭，脑子里不断浮现《泰囧》里鬼佬和俩美女在床上嬉闹的场景，它突然转变成了三个壮硕的男人在玩3P，让我胃里一阵翻腾。

我驮了3000公里的火锅底料在柬埔寨金边的新加坡"沙发客"家里终于有机会开包了，第一次在外国做四川火锅，感觉真妙，当然最兴奋的并不是主人，而是我和叶子。出来两个月，几乎每天都是清淡的越南米粉和法式面包包裹着我的胃，我已经快忘记了火锅和红油的味道。一打开料包，深吸一口气，我像无数同质化的美食节目主持人一样，极夸张和做作地发出少女般的尖叫，馋得我立马用手指伸进料包抠了一小坨放嘴里，任由凝固的红油像美味的冰激凌一样在我嘴里自由融化。脑子里什么牛油火锅、干锅、冒菜、串串香、冷锅串串全冒出来跳舞，有无数双手拿着筷子，正夹着千层毛肚、挂面鸭肠、脑花、肥牛转着圈圈，然后一个个扑通扑通跳进沸腾的红油锅里翻滚，翻滚。

突然很想感谢发明火锅底料的人，是他让我们这些离不开红油的四川人，无论身在何处，都可以轻松地享受到家乡的味道。我试图还原最正宗的四川火锅，在原先底料包的基础之上，加红油，加辣椒，加花椒，丝毫没有考虑我的主人和那个法国女生是否能接受如此多的红油以及如此麻辣的口感。我用大明虾做主料，这里的虾又便宜，又大，又鲜活肥美，还有一些肋排和鱼丸，肉食成了主旋律，生怕蔬菜会浪费了我珍贵的材料。这里的菜市场也没让我失望，买到了上好的芝麻油、香菜、姜、蒜，再加上我带的干辣椒粉、花椒粉，连蘸碟都丝毫不含糊。我必须自夸一下，用我以前教你那句四川话，这就叫"资格"四川火锅。六点我便准备好了火锅，Calvin 七点半才回家，我和叶子忍不住一直在厨房偷吃，听摇滚乐，高兴得又蹦又跳，像两个大傻X。幸运的是 Calvin 是我见过最爱吃辣的新加坡人，比我还能吃辣，连火锅里我们不会吃的干辣椒都被他夹到碗里都吃掉了，只是为难了 Nolmie，虽然她极力保持礼貌地称赞火锅很美味，但是从头到尾，她几乎只动了两口，Whatever，不过似乎从这点我看出来了法国人不够率真的一面，哈哈！

晚安，我要拥抱着我肚子里的火锅睡觉去了。希望你能在梦里梦到你的大汉堡和正宗的 pizza。

骑行在状况多多的柬埔寨天天被蚊子和小虫咬的狮子

2013.5.4 柬埔寨

**MOVE SLOWLY AND
KNOW YOURSELF**

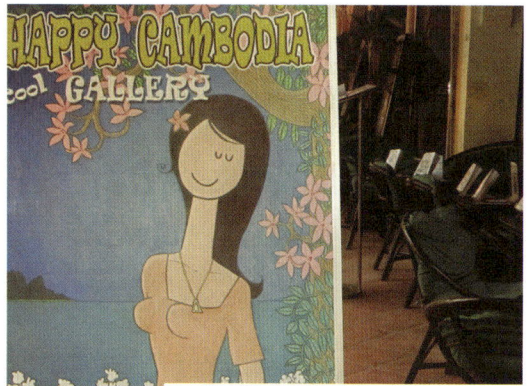

Cambodia

柬埔寨·简朴寨

5. "牙龈上"的柬埔寨

在金边两日吃饱喝足吹吹空调,享受了两天神仙般的日子,躺着吃躺着睡,把金边城市的游荡安排在返回之后。第一次把还算没有耍脾气的车送进了车店,调车换胎,从越北就开始一直出现状况的变速系统,终于在这里得到了实质性的解决。事实证明,叶子的修车技能基本局限于补胎而已,不过仍然强过我。

看着这个简单得只有一个圈儿的国家地图,需要我们做决定的仅仅是采用顺时针还是逆时针绕圈。最后决定按逆时针先北上去暹粒,此路段距离较短,仅仅350KM,我们计划三天半到达。在查询路线时,有前辈提醒,从金边到磅通的这段路况较差,但对于这类提醒,我们根本没有在意。

哪知道这一段路我们走得非常艰难,"艰难"这样的词出自我的嘴里实属不易,毕竟我不是如志玲姐姐般娇弱的小女生,再加上死要面子活受罪的人生观已经支撑着我走过这一路无数苦 X 的日子,出来两个月了,心理也变得愈加强大,已经顾不得什么肤色、发型,连防晒霜、润肤乳干脆都直接收在包底封存了,整日夹脚拖、短裤、短 T 度日,有食就吃,不挑不拣,有地就躺,管它是厨房还是路沿。

即使女汉子已经炼成了铁血硬汉子,可这一次却还是认了屁,甚至连叶子这种混迹于泸沽湖 3 年的地痞流氓嬉皮士也举双手双脚投降。也许不是我们太脆弱,只怪柬埔寨它真的太凶猛。

刚出金边不过 20 公里,便开始烈日黄沙、尘土飞扬、坑坑洼洼,运渣车、

MOVE SLOWLY AND
KNOW YOURSELF

143

压路机、摩托车，本来就简陋不堪的柬埔寨公路，更是被折腾出了建筑工地的味道。怪不得去暹粒的大巴，都倾向于顺时针从磅清扬，去马德望，绕大圈到暹粒。我们用头巾、帽子、墨镜、袖套作全副武装，出来这么久第一次作如此恐怖分子打扮。刚开始心里难免有点小情绪，可突见路边有中文路牌提醒"前方道路施工"，不免隔着面罩与叶子会心一笑，仿佛这一切都找到了合理的解释，只是有一种逃到了柬埔寨还是逃不过中国社会主义现代化"魔爪"的失落感。

正午时光，阳光猛烈，感觉温度快达到沸点，刚渗出来的汗水，还没来得及擦干就又蒸发了。停下来午休，路边只有极其破烂的餐馆，在这里吃饭的大多是在这里施工的工人。又甜又油腻的食物，从爬满了苍蝇的盆里盛到我们的碗里，锲而不舍的苍蝇一路追击环绕在我们周围发起一次又一次的群攻，迫使我只能用一只手拿勺子吃饭，用另一只手不断摇晃驱赶。

心里一阵阵恶心，尝试安慰自己什么都没看到，用力想象自己正坐在小溪边的高级餐厅里，凉爽而湿润的空气，背景里流淌着舒缓的音乐，摆在我眼前的是五成熟超嫩多汁无敌大牛排，把可恶的苍蝇想象成勤劳而可爱的蜜蜂，可我一向很管用的阿Q自欺法在这一刻却最终宣布破产，意淫没有半点帮助，只会让我更无法接受眼前的一切。在越南不管受了什么气，至少还有咖啡和奶昔来安慰，在柬埔寨则怎么恶心怎么来，不断地考验着我们的承受极限。那些食物甜腻得让我想呕吐，苍蝇的骚扰让我烦躁的情绪一刻也无法平复，脑子里不断出现它们在叮食物以及我已经腐烂流脓伤口的画面，艰难放到嘴里的肉便再也咽不下去，勉强把白饭塞一下，补充我们骑行所需要的基本能量，再大口喝着免费提供的冰水，眼神空洞地望着外面那片仍然明晃晃、火辣辣、灰扑扑的世界。

五月的柬埔寨，简直就是太上老君的炼丹炉，每天45摄氏度以上的高温，四周空旷得像无码黄片一样赤裸，管你是肉身还是金属，妖怪还是神仙，只要扔进去，就都给熔了，要是变形金刚来了柬埔寨，估计来不及变成大黄蜂，就给炼成了大铁球。每日在室外持续骑行，无遮无挡，没两天我的皮肤就成了柬埔寨酱板鸭色，表面还渗出了骨油，看起来无比光亮，眼神也越来越闪亮，只担心再这么炼下去，说不定真炼成孙悟空的火眼金睛。烂路还未结束，持续崩溃地穿行于"工地"之间，呼吸的全是带沙的暖气，在越南一天只需要喝一两瓶水，在这里每隔一小时我们便要光顾路边甘蔗汁小摊儿喝上一大杯冰水，最多的时候，一天喝了10杯甘蔗汁，却难得上一次厕所。

柬埔寨的乡下没有冰箱，可在这儿哪里都不缺冰，所以也滋生了一个很普及的特殊行业——卖冰。这些冰产自像汽车维修厂一样又脏又乱的"制冰小作坊"，他们用工业制冰，再用电锯切割。这些卖甘蔗汁的小商贩从作坊买冰驮回去，存放在爬满蚂蚁的泡沫箱子里。遇到像我们这样的大买主来光顾生意，便取一小块，扔进装货装物的麻袋里，用铁棒一阵敲打至小碎块，直接用手抓取放进同样不怎么干净的塑料杯子里，当碎冰块与甘蔗汁相逢汇聚在一起，便成了我们一路解暑的利器。好在价格公道，人民币一块至一块五一杯，口感纯正，虽然有无数昆虫尸体掺杂其中，但胜在够纯够天然，不添加任何食品添加剂，也算得上100%的纯天然果汁了。

好不容易坚持跨越了烂路，到达了磅通省，一进"省城"便看到巨大的"黑蜘蛛"雕塑感觉挺新奇（由于此前并没有对一路的风土人情作任何的了解）。肚子空空，先在路边努力咽下了一点晚饭，脏乱的状况自然是继续上演，只是我们已无力抱怨。吃饭间隙发现这里不断有大巴旅游车停下，游客们在各个小摊儿前大呼小叫，引得我们前去一探究竟。只见各

MOVE SLOWLY AND
KNOW YOURSELF

个小摊儿上摆放着一盆盆黑压压油腻腻的食物，走近一看，心里一阵咯噔，我的妈妈咪呀，清一色的油炸黑色带毛大蜘蛛，顿时觉得全身发痒，胃开始抽搐。

推着车试图在城里找寻旅馆，绕了几个圈却不见踪影，见路边一铁门廊下有大片空地，虽然条件简陋，但至少可遮风避雨，还算一片不可多得的"净地"，本想晚上在此扎营，却巧遇旁边一热情摆摊儿大姐上前搭讪寻问。这位大姐三十几岁模样，染着咖喱色黄头发，皮肤黝黑，整个一个柬埔寨版的台湾热舞女星温岚，说话做事泼辣耿直，得知我们要找地方住，拉着我们的车子就不让走，非要我们去她家住，让我们无法拒绝柬埔寨人"热浪式"的热情，只好随她去了。

等坐下来，才发现这位大姐正是在磅通省路边摆摊儿卖本土特产——油炸蜘蛛的大商户，迎面用手从盆里捞了一只大而带毛的黑蜘蛛递给我。虽然我不是特别害怕这货，可当如此近距离如放大镜下欣赏它的身体时，并且还要把这货放入我的口腔，用我的牙齿咀嚼，再吞咽进我的食道我的胃，难免还是有点心里发毛，花了好几秒钟我才做出了这个艰难的决定，接过了这只"大黑毛"。叶子见状，腾地起身，躲得远远的，誓死守卫自己的贞洁之胃，对我的行为表示从精神上无限支持，但对一切后果也不担任何责任。

接过"大黑毛"细细打量，色泽黑里透红，八只大长腿，中间夹着一个性感圆肚大屁股，因为已被油炸处理，所以丢失了很多让人毛骨悚然的细节，其实也没想象的那么恐怖。我一向钟情于啃各种鸡脚、鸭脚，不知这蜘蛛脚口感如何。先把两只大长腿放进嘴里，慢慢嚼，细细品，无骨焦脆，略带大蒜辣香，再咬一口肚子，肉质饱满，粉嫩多汁，比腿更入味三分，只三口，一个大蜘蛛就进了我的肚子。虽称不上极品，但口味绝不输丽

Cambodia / 柬埔寨·简朴寨

江油炸蚕蛹。

大姐在一旁一副看好戏的模样,等着看我如何发窘,结果我略带享受的表情让她有点小小失望,于是再出一击,拿出重磅炸弹。起先,我们并不明白那是什么东西,看起来也只是一块油炸肉片,和叶子用手撕着吃,口感奇怪,突然感觉有诈,这货绝非善物!弱弱地问大姐,这是啥玩意儿,只见她一副胜利者姿态,用近乎骄傲的口气告诉我们,这就是柬埔寨大名鼎鼎的油炸大耗子!

只是为了不在主人面前太无礼,只是为了不让大姐拿出更"骄傲"的食物来吓唬我们,坚持着没有把正在胃里翻腾的耗子肉吐出来,生硬地挤出感恩的微笑,逗得大姐笑得花枝乱颤。

这段美好的开始让我有点儿后悔接受大姐的邀请,一种深深的危机感开始在我的心里蔓延,预感在柬埔寨本土家庭的第一次借宿经历必将成就一段不朽的传奇。

MOVE SLOWLY AND
KNOW YOURSELF

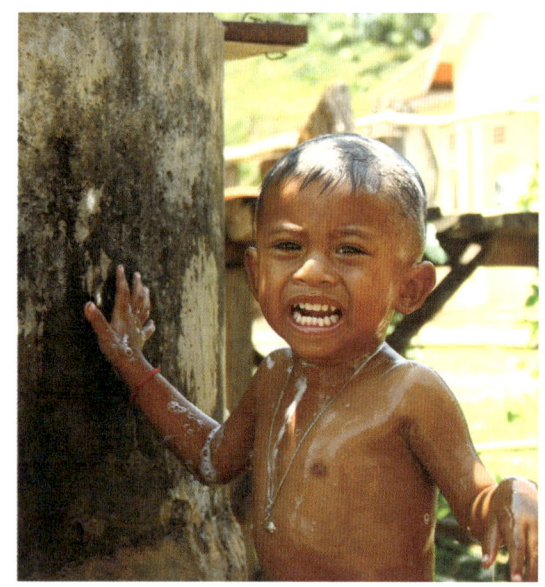

Cambodia / 柬埔寨・简朴寨

*MOVE SLOWLY AND
KNOW YOURSELF*

Cambodia / 柬埔寨・简朴寨

*MOVE SLOWLY AND
KNOW YOURSELF*

6. 微笑的背后

大姐的弟弟来铺子帮忙收摊儿,弟弟长相英俊,举止文雅得体,英文很好,在金边上大学学 IT,让之前一直对外宣称"柬埔寨小王子"的叶子瞬间感觉地位不保。弟弟告诉我们,大姐已经不是第一次接待骑单车的游客,此前一个日本小伙就被大姐收留住了 3 天。这次大姐直接热情地给我们下了死任务,非住 3 天不许走,可我脑子里出现的画面却是大姐大吼:"关门,放狗!"

"忐忑"地尾随大姐和弟弟骑入路边土路,大概 5 分钟就到了他们的家。在柬埔寨接二连三的种种遭遇,让我们都变成了受惊的耗子,整天小心翼翼地瞪着大眼盯防着一切可能从身边出现的"大猫"。进门之前先打望,从外观来看,如果是在中国或是越南的乡村充其量算个小康家庭,但在柬埔寨的乡下这绝对算得上是大户人家,一栋高脚两层牢固板房,一间单独小屋,一个带围墙的大院子难得地种上了不少绿植,还停放着一辆 Toyota 的三厢轿车和几辆摩托车。眼前的一切平和景象,让我们心里暗暗感到庆幸,打个暗号"安全!",推车入住。

时间已是夜里 8 点,天光暗尽,大姐的家人也陆续归来,小院中摆一张大木桌,一家人和乐融融团坐一桌,吃饭喝酒,为我们两个不速之客的到来欢聚。

这个家庭表面看来一切都很平常,爸爸、妈妈、爷爷、弟弟、表弟、叔叔、妹妹,几个月大的婴儿,只是我以为的角色分配却全乱了套,这绝对可以称得上一个奇葩但又极其典型的柬埔寨家庭。一开始被我误认为是大姐老公的中年男人换位成了大姐的爸爸,那个头发花白戴着金丝边眼镜的长者却成了大姐的老公,那个看起来像奶奶的妇女其实是大姐的妈妈,像大姐大儿子的小男孩是大姐的表弟，而怀抱里的婴儿搞不懂是大姐爸爸还是隔壁叔叔的儿子，而大姐肚子里则正在孕育着一个3个月大的新生命。这错综复杂的关系，让我感觉在读一个香港富豪的家族野史。

大姐的爸爸拿出一瓶所谓的来自中国的"好酒"款待我们。看着这个用中文写着"松茸补肾酒"的廉价包装酒瓶，我条件反射性地首先想到中国的食品安全问题而面露尴尬，不过看看眼前这个相貌年轻的爸爸，倒冒出了"中国假酒"在柬埔寨可能还真有"神奇的壮阳效果"的无逻辑画面。礼貌性地喝了两口，嘴里一股人工酒精勾兑化学品的劣质味道，可莫名的"爱国主义"面子情愫还是让我挂着僵硬的假笑伸出了大拇指，心里却真实地想着宁可他请我喝喝柬埔寨纯天然的黑蜘蛛泡酒来好好燃起我的熊熊欲火。

稍后弟弟从商店买来10瓶柬埔寨"Angkor"吴哥啤酒终于解放了我们，当然也永远少不了一大块的作坊制冰块。人多，喝得也快，补肾酒没了，吴哥啤酒也扫荡完了，爸爸借着酒劲直接向我们伸出了5个手指头，经弟弟翻译才明白，是说该我们拿出5美元来买酒了。虽然有点突然，不过也在情理之中，5刀继续换来新一轮的中柬拼酒夜生活。记不得喝到了几点，也记不得喝了多少，借着夜色和酒胆二麻二麻地（四川方言，后文同用）在简陋的卫生间里拿着水瓢用水缸里的储水洗澡，突然觉得在柬埔寨稍稍买醉是件不错的事儿，因为有些东西，看得不那么清楚就觉得舒畅多了。（大多数柬埔寨的家用水缸储水里都漂浮着大量动物尸体，也有少量牙刷、硬币、笔、小孩儿的玩具一类的家用品，而最恐怖的一次，是在叶子洗完澡后，我发现水里有不明物体在蠕动，仔细一看才知道是成千上万只红虫……）

在我和叶子的一再坚持下，最终，叶子扎帐篷睡在院子里，而我睡在了阁楼下一楼中央的一张大木板桌上，几位叔叔大爷给我铺上一床凉席，放下支离破碎的花蚊帐，所有蚊虫继续视若无睹地进出自如。和

MOVE SLOWLY AND
KNOW YOURSELF

睡在帐篷里非常不同，空气很清新，和各类动物相伴，有一种睡在大自然里的感觉。虽然我已经喝多了，可一整晚我仍然没能停止用手挠着瘙痒难耐的皮肤。

第二天清早，天刚蒙蒙亮，酒劲儿早已退去，和蚊虫奋战一夜的我，才终于还是困得眼皮都睁不开地倒在了床上"补觉"。可爱热情的爸爸已经骑摩托搭着叶子去市场搞来了"一整条"大鱼，开始给我们做早餐。何为"一整条"大鱼？就是除了去鳃和部分内脏，连鱼鳞和鱼胆全都"一股脑儿"地放锅里"烧"上了。可别误会，这可不是我们所想象的川式"烧大蒜鲢鱼"什么的，在那个露天厨房里，木架上挂着很多口锅，可这烧鱼里没有油，没有调料，甚至连盐都没有，真真正正的"纯天然"木柴"烧"鱼，最后一刀斩两半，上半身一盘，下半身一盘，柬埔寨乡村家常"硬菜"就这么搞定了，当然很不幸的是爸爸的刀法太精湛，那仅有的一刀正好劈到了大鱼那苦胆上，苦得我眼泪都快出来了。

菜一出锅，我就被赶下了床，凉席一裹，蚊帐一收，木床一秒变木桌，碗筷瞬间摆上，两脚一盘，扎起马尾辫，一听吴哥啤酒就已经递到了手里，迷迷糊糊地把啤酒当提神咖啡豪饮一口，一块拌着苦胆味儿的鱼肉下肚，才想起来用手清清眼角还残留的眼屎，看看时间，不过早上十点。

爸爸因为语言问题基本还是没办法和我们有深入交流，但他裸露在外壮硕而黝黑的身体和永远挂着咧着一口大白牙的灿烂笑容却让我感受到了柬埔寨男性的无穷魅力，只是即使知道他的真实身份仍然无法想象，这样的一个身体竟然是一个40岁中年妇女的爸爸，难道真是中国补肾酒的功劳？

饭后，眼前的这位"爷爷辈儿"的大姐老公却用带着口音但流利的英语和我聊起了他的传奇故事。到这个时候我才知道，眼前这位老人居然是一位持有美国永久居民身份证的柬埔寨人。在此前很长的时间里，他的常居地是 SanFrancisco（美国旧金山），而他也在美国拥有另一个家庭，一个还没有办离婚的老婆和两个已经不怎么联系长大成人的孩子。说他是老人也不算太老，那张美国身份证上写着，他不过才59岁，却头发花白，脸上写满了沧桑。"老人"的故事非常传奇，爸爸是越南人，妈妈是中国福建人，而他在柬埔寨出生。在他前半生的成长记忆里不断地伴随着一场又一场的逃亡，和爸爸去了越南，遭遇了越战，逃到了中国，遭遇了"文化大革命"，逃回柬埔寨，等待他的却是红色高棉大屠杀，最后再逃到了泰国，逃到了大洋彼岸的美国。

眼前这个老人怀里抱着小儿子讲起红色高棉，讲起大屠杀，讲起那个全是死人的城市金边："人们都疯了，在街头问你，你是干什么的，如果你的回答是，我是学生，BIU~BIU~BIU 全杀了，他们不喜欢学生，学生都该死；如果你的回答是，我是医生，BIU~BIU~BIU 也全杀了，他们也不喜欢医生，医生也该死；如果你的回答是，我是商人，BIU~BIU~BIU 也全杀了，他们也不喜欢商人，商人也都该死；即使你的回答是，我是和尚，同样地 BIU~BIU~BIU 也全杀了，他们同样也不喜欢和尚，和尚也该死。城里的人没跑掉的全杀了，不管你是干什么的，拿着枪就这样都杀了，那时候，城市里到处都是死人，所有的人都被赶到农村去，所有的一切就在一夜之间全没了，整个城市都空了。"对那段残忍历史没有过多了解的我，心理上其实是排斥去参观有名的金边杀人场的，怕我没办法以一个"旅行者"的身份去"打望"那一切，怕我从心理上无法承受如此之"重"的冲击，而如今却从一个亲历那段历史的老人那里如听一场枪战游戏一般倾听着那个年代荒谬发生的一切。当然老人在说起这一切时，他是带着笑容的，过去的就让它释怀，还要继续往前看向未来。

了解了老人的传奇故事，却让我对他的"回归"产生了好奇。职业性的狗仔心态又冒了出来："既然你在美国已经有了自己的家庭，还有了两个孩子，那怎么又回到柬埔

MOVE SLOWLY AND
KNOW YOURSELF

寨？美国不是所有人都向往的地方吗？柬埔寨又那么穷不是吗？"

"对啊，在美国一切都很好，虽然我生活的区域，可以看到很多韩国人、中国人、越南人，倒很少看到白种人，我在那里做着小生意，生活不错。小孩也都长大了现在都有了各自的生活。可我一个人逃到了美国，而我的父母前些年还在柬埔寨受苦，我想念他们，不管怎么样，这里还是我的国家，我的家在这里，现在它虽然穷但至少是和平的、安全的。我就一个人回来看看，待了一段时间，后来就不回去了，几年以后，美国的家人也不怎么联系了，我也在这里有了新家庭了，有了现在的两个孩子（一个就是眼前的这个小男孩儿，还有一个还在大姐的肚子里）。后来我美国的儿子和女儿来过一趟柬埔寨，跟我说，爸爸，这个地方太破了不好玩，我们只能来旅行一下待个几天，所以各过各的吧。我给他们发Email，问过他们想不想我，都跟我说sometimes，你懂的。"

这时老人可爱地望着我，问我："你走了以后会想我吗？"

我也乐着回答："You know.Maybe.Sometimes."

*MOVE SLOWLY AND
KNOW YOURSELF*

7. 卫生卷纸上"盛开"的吴哥窟

经过三天半的磨炼,拎着还剩半条命的我们勉强活着到达了那个听起来似乎很神秘的旅游城市——暹粒。进城部分的路况随着距离的接近有了很大的转变,越来越有著名旅游城市的标准样子,20KM 外飞沙走石的粗糙路面秒切换为被郁郁葱葱的大树包裹的柏油路面,路边时不时看到外国游客搭载着 TUKTUK 四处乱窜。

而至于从大姐家到暹粒这一天具体发生了什么,我好像失忆了一般,能记得起的片段就是叶子因为吃了从苍蝇堆里捞出来的香肠开始腹泻,完全没办法吃任何沾油的食物,一整天只咽下了在路边买的一个烤玉米,其他的症状和孕妇害喜一样,想到那些食物就会恶心、反胃、干呕,而我似乎看起来一切还算安然无恙。

进入暹粒市区,我们已经饿得智商归零,只有几条主道的地图都没办法看个明白,就跟两只被装在又闷又热的罐子里的绿头苍蝇似的满地乱撞,失去了方向。要这个时候让我讲对暹粒的最初印象是什么,我只会想到肥而不腻的深井烧鹅,或是在火锅里翻腾的脑花。

无数次地经过一家叫"新莲花餐厅"的中国餐馆,习惯了节衣缩食的叶子一见中文便心生反感,总觉得出门在外,中国人就是尽宰同胞的族群,都是些嘴里长满獠牙嘴角还粘着鸡毛的臭屁狼,绝不会放过任何一个活口,再加上招牌上"空调开放"的 4 个坦荡而刺眼的中文大字,更让叶子反抗,只怕舒服的代价定是惨痛的,不知道要为这冷气花费多少物不符实的银子。

可我们在主干道上折腾了几个来回，也没找到看似"物美价廉"的干净餐馆，再加上时间不合时宜，连狗都吃饱了趴地上开始闭眼打盹儿。

顶着40多摄氏度的烈日，再加上我这儿已经饿得有点六亲不认的胃，气急败坏地朝叶子一通乱骂，撇开他就直冲冲地跑去"新莲花餐厅"觅食吹冷气。

哪知这个"新莲花餐厅"虽然大堂内挤满了成群结队的中国旅行团的客人，却不管是菜品的食材、味道、品相、价格，以及店堂的环境及服务，都是超一流的，关键关键最关键的是绝对的干净卫生有保障！除了带有东南亚风味的清新菜品外，主要都是广东粤菜，烧鹅、叉烧、干炒河粉应有尽有，而且价格难以想象的实惠。一个烧鹅饭分量十足，才卖16块人民币，咖啡也仅仅1美元。凉爽的冷气从脚趾头尖尖贯穿到头发颠颠，惬意之感让我飘飘欲仙。最终这家餐厅也得到了叶子此行一路上最高度的认可，以至于往后在暹粒的4天，叶子日日驱车来此用餐，每日必用他所储存的最美的词对这家餐厅进行狠狠的夸赞。

暹粒的"沙发客"已经提前找好，一个俄罗斯人，其实他并非我的最佳人选，只是因为他是第一个接受我请求的人，而我又遵循一个先到先得的原则，可就在他答应我并且给我打了一个电话的那一刻起，说实话，我后悔了……

因为俄罗斯人独特的英文口音，说的英文跟新疆卖羊肉串儿的一个味儿，造成了几乎他说的话，我都连猜带蒙，将就猜懂个百分之二三十，只好用短信给那哥们儿一个餐馆的地址，心里忐忑不安地死等！

关于英文带口音这一点我不得不严肃地吐槽一下，其实我的英文水平在

**MOVE SLOWLY AND
KNOW YOURSELF**

这一路各种方言英文的锤炼下听力和口语都有了很了不起的进步，所谓了不起的进步主要的衡量标准在于我已经可以非常自如地用英文和各国友人聊各种重口味的黄色笑话，并且做到拿捏有度，既让对方 get 到我的笑料，又不至于越界对我有非分之想。

可唯独啊，我对几类农家乐式的英文风味真的束手无策，只想跪地捶胸，两眼含泪地喊道："臣妾真的听不懂啊！"

除了羊肉串儿味的俄式英文外，另一类让我崩溃的就是自嗨式黑人 RAP 英文。刚进柬埔寨时接到的来自安哥拉的一个黑人哥们儿的来电，看到我的请求后，非常及时地给我回了电话，电话一通，就是下面这德行：

"Hey，you！ What's up dude?How about your trip?Where are you?Are you OK……"

用文字来表达是苍白无力的，请给这段文字配上一段黑人 RAP 的背景音乐，才能明白当时我的心情，站在烈日下扶着单车流着汗的我听着这英文，竟不由自主地跟着他的节奏一起点点头，喊上一句：药，药，切克闹，切克 in，切克 out 了。

本来在新莲花餐厅死等俄国小伙收工后晚上六点来接我们，哪知我突然肚子里一阵"排山倒海"之势，一进卫生间，就没能出得来。那感觉已不只是翻云覆雨能解释，而是有成千上万只蛆虫在孵化，伸展着它们稚嫩的头张着它们的小嘴争夺着不多的新鲜空气，蠕动着它们柔嫩的身体在我的肚子里练兵，攻打下一座又一座的山头。再过一阵儿，我的身体已经上下失守，刚吃的叉烧已经被吐得一干二净，胆汁、胃液也所剩无几，眼泪汪汪地提起裤头冲出厕所。我已经等不了了，突然想起还有一个长相清秀的美国兄弟也答应了我的请求,虽然之前已经婉言拒绝,但在这生死关头,还是厚颜无耻地向他再次发出了求救的短信。

于是就这样,下午四点阴差阳错地来到了美国"沙发客"Cooper的豪宅。最初我确实是只打算到Cooper家里暂作休息,继续等待俄罗斯哥们儿晚上来接我们,可从见到Cooper的那一刻,听到他一口标准易懂的美式英语以及一脸阳光亲切无害的笑容时,我就开始动摇了本身就不太坚定的心,再加上一进Cooper所住的小区,我就已经在心里抱着Cooper大腿不肯放了。人一旦处在虚弱状态下,连灵魂都会变得更加虚荣。虽然这只是Cooper学校租给他的免费公寓,但此小区位于暹粒富人区,完全就是一处标准豪宅。这里的住客大多是在柬埔寨生活的外国人(柬埔寨长驻外国人以华人、韩国人、日本人居多),一不小心就碰到个长腿欧巴机长拖着箱子正出门,此小区虽然不大但绝对的高端大气上档次,别致安静不说,还配带有游泳池和健身房。连叶子都感慨,小狮子太牛X了,这样的"沙发客"都给你挖到了!绝对是个国际交际花的好苗子!

可此时Cooper已经招待了一对睡在客厅地板的"沙发客"情侣,女生叫Kiki,来自印度尼西亚,男生叫David,来自意大利。我们被领进屋时,他们正在豪华的开放式厨房里做pizza,谁也没料到后来这豪华厨房的地板竟成为了我和叶子这4天的温床。眼巴巴地看着叶子一边品尝一边脸上露出无比满足的表情,而我只能默默飘过,抱着我的卫生卷纸霸占了厕所,冲进去,扶墙出来,再冲进去,爬地出来,几个回合下来,我的脸色从已经略带惨白变成了紫里带黑,额头不断渗着毛毛汗,双腿已感觉渐渐失去了控制力,软绵绵地拖着我虚弱的身体。叶子看我拉得可怜,给我准备了三倍剂量的保济丸,我大把大把干下,抱着卫生卷纸一副哭丧脸,心情一下子down到了极点。不知道是不是出来太久了,在坚强的外表下坚持了太久,这突如其来的身体的脆弱一下子就彻底击碎了我的

MOVE SLOWLY AND
KNOW YOURSELF

意志，按下冲水键，伴随着水流的声音，一个人躲在卫生间坐在马桶上伤伤心心地大哭起来，任由我的眼泪肆意涌出，心里犹如憋了天大的委屈。

习惯性地在人前微笑和坚强，真要让我在别人面前流泪才是一种挑战。擦干眼泪，挂上微笑，看起来我又那么活蹦乱跳了。Cooper 和 Kiki 不断地劝说我留下来，更准确地说，我在等着他们说出这个让我感到有些内疚又难为情的真实想法，因为我知道我在找借口，我俗气的真实想法正在不断敲打着我一向坚持的原则，我知道我完全无法抗拒眼前舒适豪宅的诱惑，虽然只是一块干净而宽敞的厨房地板。我也知道无法否定心里正期待着和眼前的这几个刚认识就不由得喜欢上的国际友人一起度过几天愉快的文明生活。在他们的推波助澜下我开始不断地自言自语，不断地寻求叶子的认同，最终我纠结而无耻地给自己找了好几个理由才鼓起勇气给俄罗斯的"沙发客"打了电话，说我病了，说我等不了他了，然后就这么如我和叶子所愿地，入住了这个因为犯了痢疾而阴差阳错闯进的美国"沙发客"家里。

痢疾的折磨，让我们不得不把拜访吴哥窟的行程缩短到只一天，而且一拖再拖，直到待在柬埔寨的最后一天。画地图的设计师把吴哥窟用超过这座城市的分量摆在你的眼前，你会听到一个很大的声音向你呼喊："如果到了暹粒，你连吴哥窟都不去看一看，你还是人吗？！"这就好像"不到长城非好汉""到成都不看熊猫你变态"的魔咒一样的存在，虽然在成都住了 10 年没看过熊猫，在北京生活了大半年也从没打算去长城当当好汉！好吧，我就是固执地对"一切存在于教科书"中的事物天生反感，在这一点上，我是个实打实的偏执狂。

20 美金包下了一辆 TUKTUK 一整天，友好的司机兼向导直接开到小区门口来接送，难得休整的时候才真正地松懈下来，所以取消了一切的劳苦奔波。背一个小包,塞进护照、现金、相机和一卷卫生纸就去了。

在向导的指引下,买了一天的观光门票(1天的票20美金,3天的票40美金,7天的票60美金)便开始了我们"极其忙碌的"观光之旅。吴哥窟景点之多,多到感觉只是把这些景点的名字列个目录都让我脑炸到眼晕犯困,信息量太大,而我们只有一天,更不知从何下手,再加上我们就是两个懒得做任何功课的人,两眼一抹黑,如两个没有目的地的盲人,跟着导盲犬在这巨大的迷宫里瞎晃。

吴哥窟游人多得像赶集,各国导游各种语言在你耳畔噼里啪啦上演,可当我站在最有名的吴哥寺前,只那么抬头一眼,眼前的这一幢深灰色的建筑就让我这个狂妄自大的人瞬间定在了原地,如此震撼!虽然这一路上各种眼花缭乱的寺庙已经让人感叹这些宗教艺术之美艳,虽然眼前这一画面已经在无数的攻略和明信片上反复出现过,虽然此刻小吴哥寺还搭着正在修缮的架子,寺前的一滩莲池现在正是干枯之季,水少得可怜。可那一刻,我感受到了一种一秒之间路转粉儿的奇妙之感。这种震撼之感,更是惊叹于,一座虽然从高度上并不雄伟,从色彩上如此单一朴素的建筑,却让你置身于人潮人海中,远远一看,就被它瞬间凝固在那里,死死地看着它,然后你的世界里,就没有别人了,只剩下你的瞳孔里被无限放大的那个眼前的它了,而且这一刻完全发生在毫无准备之下(最后翻看相片,才发现我和叶子都忘记了在这个最具标志性的地点拍任何照片)。如果它是一个有呼吸的男人,那我这辈子应该就是它的了。

于是我开始变得小心翼翼,小心翼翼地观赏这一切。当一样让你震撼之物真实出现在你眼前时,你总会心生敬畏,甚至会有害羞的感觉。就好比,我天天吼着十分想见布拉德·皮特,可有一天,他真的站在我眼前,我定会心头几百只小鹿撞坏了南墙,羞红了脸,不敢抬眼。

**MOVE SLOWLY AND
KNOW YOURSELF**

虽然肚子里仍然没有恢复平静，仍然一边强忍一边渗着汗仔细地观看每一处壁画，每一个图腾，每一根线条，每一个妖魔神兽的神态，虽然没有中国工笔画那么细腻，没有西藏唐卡那么华丽，可当它们出现在这斑驳蚕食的石壁上时，总有一股力量让我沉静，越看就越喜欢，越喜欢就靠得越近，刚开始是远远地看，慢慢挪动自己的脚步，最后干脆直接地用脸贴着墙壁看，近得差点儿看成了斗鸡眼，轻轻地呼吸，怕气息太大会吵醒了画中沉睡的人们，最后我还是忍不住把手贴在了一幅好似凤凰神鸟一般长满绿色青苔的雕刻石壁上，闭上眼睛想象着，这是一个机关，能打开石壁，藏在石壁后面的世界正是一千多年前的高棉古国，我在这吴哥窟里抱着我的卫生卷纸上演了一场穿越古装大剧，那建造此神庙的国王苏利耶跋摩二世正穿着一身华服威武地坐在宝座上，旁边两排庄严的士兵列队迎接，国王走下宝座一步步向我走来，抬起我的头含情脉脉地看着我，只一句："你怎么才来。"如此深情的话语加上英俊帅气的脸庞简直揉碎了我的心，就这么无边无际地想着，自己都把自己逗乐了。不过后来偷听到旁边一导游说这小吴哥窟其实就是此国王给自己修建的葬庙，又不由得身体发麻，默默警告自己，没事儿别瞎想，真要把我收了去，嘿，妹妹，你就走远了。

我们逛完小吴哥已经花了一个多小时，磨磨蹭蹭早上出门已经是十点半，这会儿已经中午了，扫视了一圈门口油腻不减的午餐，还是吊不起半点胃口，于是和叶子顶着烈日，继续勤奋做功课，兜兜转转，一口气把塔布隆寺(Ta Prohm)、巴戎寺（Bayon）、皇宫（Royal palace）、空中宫殿（Phimeanakas) 全逛了个遍，马不停蹄地将如此大容量的画面和信息不断地更新保存到脑子和相机里，每到一处，都不忘先问向导游厕所在哪儿，以备不时之需。

塔布隆寺(Ta Prohm) 最有名的当然是当初拍摄《古墓丽影》的那个场景，

结实粗壮的树根包裹着整个墙根，我站在那里犹如在一旁欣赏着一场历经千年且无比暴力的吞噬。为何说暴力？因为那可是无色无味的石墙啊，又不是老妈兔头，至少也得加点芝麻香油、蒜蓉、辣椒面儿，撒点儿香菜什么的吧！生吞这玩意儿这树也不怕身体不适营养不良，你就算让我生吞个毛肚鸭肠啥的估计也会卡喉咙吧！（原谅我无时无刻不在想念着四川美食，思念之切让我无时无刻不把任何事物都跟吃联系在一起）

另一个印象深刻的地方当然是著名的"高棉的微笑"——巴戎寺，巴戎寺位于这座王城中心，无数张大脸对着你露出从容而静默的笑容，似笑非笑，不温不冷。穿行于其中，完全就像走进了大脸石林，不知身在何处，更寻不得方向。突然我感觉自己像被这大脸迷宫所包围起来绕着我不停旋转，最后它们竟变成了无数张我在柬埔寨遇到的善良的真实的笑脸，在路边开设英语学堂的青年老师，和我比黑的老太太，小学校里骑着巨大二八圈自行车的小孩儿，寺庙里的小和尚，乐善好施的诚挚信徒，为我们欢呼的孩子们，小卖部的商贩，大姐一家人，还有热情接待我的柬埔寨外国友人，全跑了出来围着我转圈圈，露出高棉招牌式的微笑。后来回到金边再次入住到 Calvin 家里时，我用他的笑脸创作了一幅"Calvin's Smile"赠与他，以表达在我心里，这一切在旅途中给予我们无私帮助的人们，才是我对"高棉的微笑"最好的诠释。

之前和向导讲好了，今天我们只转一个小圈儿，最后我想要在巴肯山看日落，所以最后我们来到巴肯山下歇脚，坐等上山。这巴肯山的日落对于我其实是有特殊意义的，其实也跟我没多大关系，忘了在哪本游记里，作者讲了他和路上邂逅的心爱女友，一路游走历经十几个国家，最后到了柬埔寨吴哥窟，在各大小神庙晃荡之后，便日日静坐于巴肯山上相互依偎静静看日落，一坐就是整整一个多月，每天如此，最后竟在这巴肯山前互相许下誓言，私定了终身。这一场好不浪漫的场景早已根植于我心，

**MOVE SLOWLY AND
KNOW YOURSELF**

可我现在这左手卫生纸，右手是好兄弟叶子的境况，让我纠结着要不要把这么一个只属于"浪漫爱情"的保留地名额直接浪费掉。

逛了这么一大圈儿，我们已经筋疲力尽，可看看时间，不过才在这里瞎晃悠了不到 4 个小时，现在才正值下午三点，那落日至少要在这里苦等 4 个小时。烈日和痢疾已经把我身体里的水分榨干，在这瞎晃的 4 个小时里，我也前前后后冲进厕所四五次，只是不想抱憾离开，只好奋力坚持着用心观赏这来之不易的一切。

我和叶子一边看着时间，一边互相大眼瞪小眼，猛灌着 0.5 美金买来的汽水，抬眼看看那个不怎么雄伟的小山包，以及慵懒的天空。

最后我竟然还是选择了放弃，起来拍拍屁股，跟叶子说："走！咱回去了吧，既然是纯洁的男女关系，就别跟着人家小情侣瞎掺和了！看什么巴肯山日落，柬埔寨这国家，从来就不缺美丽的日落！"

我们的吴哥窟一日观光旅行就这样在震撼和稍稍遗憾当中结束了，后来给友人寄明信片时写下了这样的感触：

对于吴哥窟，我只能用一个词来形容："Great（伟大）！"
而对于这个国家，
窗内是富有，窗外是贫穷，
富有而自大，贫穷而不自知，
永远面对我微笑的不是高棉的四面佛，
而是那些光着屁股的孩子，
那些善良友好的柬埔寨人民，
吴哥窟反倒成了这个国家最不真实的一部分。

Cambodia / 柬埔寨·简朴寨

*MOVE SLOWLY AND
KNOW YOURSELF*

Cambodia / 柬埔寨·简朴寨

8．嘿！你欠我一句"GOODBYE"

这次在暹粒接待我们的"沙发客"Cooper，是一个在柬埔寨一所国际小学用英文教一群韩国小孩数学课的美国老师，已经在这里耗了快一年的光阴，今年28岁，来柬埔寨的原因只是想在不同的国家待一待。每每聊起他的工作，他都会很认真地拿出本子，给我们写一大堆的数学公式，然后噼里啪啦说些我完全听不懂的话耐心地讲解，然后特别开心地问我："我去中国教数学你觉得怎么样？"我完全是基于礼貌地表示，他应该是一个不错的数学教师，但是如果他想去中国当数学老师，应该会有困难，首先中国小孩儿的数学很厉害，其次中国小孩儿的英文很烂。

Cooper是一个看起来非常典型的美国阳光大男孩儿，性格脾气都很和善，礼貌又随性。谈不上什么特别，爱好各种球类运动：棒球、高尔夫球、网球、篮球、乒乓球、足球，只要是个球……是那种你总会想用"好孩子"来形容他的类型，这是他第一次招待"沙发客"，还一下子招待了4个人。他想过段时间到中国住上一段时间，所以我给他取了一个中国名字：古柏。我很喜欢的一个名字，"古"是很特别的姓氏，"柏"也是一种既朴素又生命力顽强的大树，而我偷偷附加了一层好玩儿的意思，因为"古柏"听起来很像"Good Boy"，就像我对他的第一印象，这多多少少和他本身的名字"Cooper"也算有那么点儿音近的意思。

除了主人Cooper以外，我们还认识了另外一对情侣，意大利男孩儿David和印度尼西亚女孩儿Kiki，他们从泰国过来玩儿，在金边租了一辆摩托车骑到暹粒。David是一个年仅19岁的小孩儿，留着长而卷的金发，喜欢在头顶扎一个道士发髻，说话非常舒缓和轻柔，脸上

MOVE SLOWLY AND
KNOW YOURSELF

总是挂着一副非常干净而又炙热的微笑，听他说话时，总能看到他眼里散发的光芒，特别是他在分享他最爱的音乐的时候。刚开始他们在我眼里就是一对儿路上时常会遇到的普通情侣。直到在一起玩了一天以后的晚上，David撩起他的裤管在我眼前拆掉他的一只假腿单腿跳着去洗澡，我才发现，他和我们不一样。那一秒我知道我的心里有多么震惊，我尽量表现得和之前一样平静自若，可一股很强的热流贯穿我的全身，冲到了我的眼球，差一点喷涌而出。我承认那一刻我心生了他并不需要的如来佛祖式的大慈悲同情心，而实际David在日常生活里，完全不会让我感受到他有任何的不同，他不需要怜悯、不需要那些多余而泛滥的同情，他和普通的大男孩儿一样能自立，能照顾好自己，甚至还能照顾好他的女朋友Kiki。他只需要我们用正常人的眼光将他那一点不同给忽略掉。他可以一只脚躺在水面上自在地游泳，和我们一起跳水玩水球，可以一条腿站立打乒乓，也能骑着摩托车载着Kiki满世界遨游。

Kiki是印度尼西亚的女孩儿，大David 5岁，皮肤黝黑，嘴唇很厚略翘，头发是爆炸式的小黑卷，笑起来的时候，显得眼睛和牙齿特别白，是一个非常漂亮非常性感的女孩儿。Kiki笑点很低，一整天都在咯咯地笑，喜欢烹饪，David吃素而且喜欢吃意大利面和比萨，不管他们在哪儿旅行，Kiki都会想办法找厨房给David做饭。Kiki爱向David撒娇，也是我见过最爱打乒乓球的外国女孩儿，在一起的4天，她每天会拉着David去高尔夫俱乐部打半天的免费乒乓球。他们每天从早到晚都腻在一起，如影随形。Kiki想去吴哥窟，David不太喜欢旅游胜地，Kiki每天撒娇，直到3天后的下午五点半（不需要买门票），David终于答应骑摩托车载着Kiki去吴哥窟看日落，回来后Kiki满脸的幸福和小女生的满足。看到他们，一边替他们开心，一边心里面全是羡慕，开始疯狂想念已经三个多月没见的我的丹，难免心里面酸酸的。

在暹粒的这4天休整期，我的心没

了以前的轻松，相反却被搅得很乱，乱到让我开始思考这样的旅行到底是否像我当初想的那样有意义。出发三个多月，我们的旅行也进入到了一种闷热而烦躁的疲惫期；痢疾的折磨让我意志崩溃，情绪低落；叶子同样被柬埔寨的卫生环境折磨出了一些情绪化的反应，让本来就内敛的他，比在越南的时候变得更加孤僻，甚至拒绝参加一些群体性的活动，常常一个人独行（后来才知道，除了这些原因，还有他家里发生的重大变故让他开始更加封闭自己）。叶子的情绪让我烦恼，不知如何是好，甚至产生了想要甩掉他一个人骑行的想法。这个国家的夕阳那么美，吴哥窟如此雄伟，这里的人们如此善良，可这个国家糟透了的生活环境让我心痛。

我和叶子骑着单车去洞里萨湖，所见之处只是一摊没有生命的黄泥水，湖边寸草不生，只有臭气熏天的水产市场，还没有排除危险的地雷区，光脚的小孩儿在污浊的臭水沟里抓鱼，洞里萨湖上的越南难民终生只能生活在孤独的浮村，被炸弹致残的老人表演音乐为生活乞讨……虽然一路上也见到很多日本、韩国或者其他发达国家建立的慈善学校或者机构，但那些音乐或者手艺并不能真正地改变这个国家的悲哀。

而这一切又是那些坐着飞机到暹粒，坐着TUKTUK或者大巴车逛吴哥窟，买张船票看看洞里萨湖的游客，根本看不见的。每天住在Cooper的豪宅里，吹着冷气，吃着干净的食物，每日有保姆来打扫卫生洗衣服，我甚至忘记了，我正身处在这样一个灾难式的国家，你只需要起身，走到窗边，向外张望，只100米开外就全是那些破败的景象，尤其在那美丽如血的夕阳下，显得更加触目惊心。

眼前所看到的这一切的一切真的是糟透了，每天都在不断地凌虐着我不太冷酷的心，我没办法把参观这一切当作我旅行的行程之一，当作我游记里的一点素材，用照相机去随意拍下他们的身影。他们对我的笑容越亲切，我的心就越撕裂，这

MOVE SLOWLY AND
KNOW YOURSELF

一切让我想要逃走，越快越好！

如果不能立马逃走，谁能给我哪怕是一个拥抱？！

心里每天都闷闷的，看着David、Kiki、Cooper，总是有点没办法真正地开心起来，叶子也不太加入我们，Wi-Fi烂到没办法和丹聊天，我糟糕的情绪越积越多不知道该往哪里去释放。

洞里萨湖归来的那个夜晚，叶子回公寓早早休息了，我们4个人跑去老市场的酒吧喝酒。暹粒的鲜榨啤酒非常便宜，一大杯只要0.5美金，即使像我们这样的穷游鬼也可以像喝矿泉水一样豪饮。一屋子的国际友人聚在一块儿，年龄横跨25岁到72岁，大多是和Cooper一样在暹粒短暂生活的过客，几个美国金发碧眼火柴妞，一进来就熟络地拿啤酒和每个人拥抱打招呼，音响里放到她们熟悉的歌，就会一起站在板凳上一边蹦一边大声歌唱，不同的文化没办法加入，而其实我是喜欢的，这样开怀的心情让人羡慕。

Cooper坐在我的对面，一边跟着唱，一边端着酒杯向我致意。到了自我介绍的环节，每个人都自在地介绍着自己的名字、国家，在柬埔寨干什么，前面每位介绍完，大家都会插嘴说几句关于那个国家的什么，可当我介绍到我叫狮子，来自中国时，全场安静了10秒，很尴尬地由下一位朋友接话跳了过去。我知道那10秒里是有一些情绪发生的，至少来自中国好像不是什么非常有趣的话题。大家开始自由聊起天来，我转向身旁的一位72岁的美国老头儿骗他说道："其实我来自西藏。"然后那个老头儿立马切换一个情绪模式激动地捧起我的脸说："对，看看这张脸，那么清澈那么干净，就是来自那个离天最近的地方。"

我当时脸上在假笑，心里很沉重，一路上我们骑车经过，大多数人会问我们是不是日本人，因为日本有很多年轻人满世界骑单车旅行。而当我说我是中国人时，大多数人都会摇头表示怀疑，他们会说："中国女孩儿都很白，怕晒、怕累、英文很烂、喜欢自拍、不会骑车。"

虽然我不想承认，可当我第一次走出国门，第一次作为一个"老外"，我明明白白真真切切地感受到了，中国人在其他国家的大多数人眼里，是多么的不堪。我很想骄傲地向所有人说出那句"我叫狮子，我来自中国，中国女孩儿也很坚强，也很勇敢，中国女孩儿也会为了自己的梦想勇敢地去闯！"

当然，我知道，不管我喊多大声，也最多能改变眼前这几个人对我的看法。

但我仍然期望着，他们记住有一个叫狮子的中国女孩儿不一样，也就证明至少有千万个狮子这样的中国女孩儿也可以这样！

一切的糟糕情绪全部被我化作酒量放在了啤酒上，不停地要酒，一杯接着一杯，旁边一个德国中年男人估计误以为这个女人买醉是为了创造机会，想方设法地向我献殷勤，我只好苦笑着回应。

酒精慢慢地开始起着化学反应，Cooper 也把位置移到我的身旁，Kiki 和 David 开始起哄让我们来一个中美酒量 PK 赛，看谁喝得更多，还能骑着自己的交通工具安全回家，回头想想，这行为真的很放肆也足够愚蠢。一杯、两杯、三杯……一直到最后，除去之前我们各自已经喝了的，一个人又喝了足足 7 杯（相当于 7 瓶 600ML 的啤酒）。

为了不输一口气，我故作镇定地站起来，径直往外走，一路踢倒无数的板凳和酒瓶子，抓起墙角的自行车就开始骑，刚跨上去就往地上倒，Cooper 也去取自己的摩托车，打着灯光慢慢地跟在我的身后。我记得我们两人一路疯癫大笑着往家骑，那一刻我好像忘记了所有的烦恼，在柬埔寨这个国家，摄入些酒精也可以适度地增加它的美感。而我的眼睛已经被酒精和困意熏得只能勉强看见一点光线，但最终我们都安全地回了家还妥妥地停了车。可一上楼梯，两人都直接倒在了地上，身子斜着怎么都立不起来，一起指着对方傻笑，头还歪倒在墙上，四层楼最后都是互相搀扶着手脚并

MOVE SLOWLY AND KNOW YOURSELF

用爬上去的。

这是出来3个月以来我唯一一次放肆地喝酒，带着无数复杂的情绪和着酒精一起倒进胃里去，顺便给我已经不堪重负的肠胃消消毒，那一晚仍然有无数的蚊子咬我，可我却在厨房的地板上睡得异常的香，估计连蚊子也醉了。

4天过去了，我们也将要离开，因为这些路上遇到的"临时朋友"的存在，这4天的暹粒休整期，我们一起分享了很美妙的时光，让我感受到了久违的这种群居式的同龄人之间的快乐。我们一起在楼下水池里玩水上足球，一起去高尔夫俱乐部打乒乓球，一起做意大利面比萨和四川火锅，一起听摇滚音乐，一起去吃柬埔寨当地特色BBQ，一起在酒吧喝酒聊天，仿佛又回到了曾经那段糜烂而又美好的大学时光。一想到离开，心里面全是酸楚，我非常讨厌这种短暂的相聚又分别，我不是一个可以毫无保留地投入又立马干干净净抽离的洒脱姑娘，说什么再见，其实我们都知道，也许就是再也不见。

可再多再多的不舍，终究还是要离开的，我感激着旅途中这样美妙的一期一会。

离开前的最后一个晚上，本来话就很多的我更是不停地说话，说好多的话，把语速也调得更快，好像要把我想聊的天，在这最后一晚全部聊完。听过无数遍这些老故事的叶子早早地睡了，David和Kiki困到不行，也睡了，Cooper为了不打扰他们，把我拉到他的房间里聊，我们接着聊了很多乱七八糟的东西，我的骑行、他的生活、我的男朋友、他的女朋友、烦人的父母、可怕的婚姻、球赛、文化、癖好、食物、理想，甚至Cooper还拿出了美国地图，给我另外介绍那个巨大的国家的一切，还有他在柬埔寨买到的那床我超级喜欢的拼布毯子……一直到凌晨四点，直到连我自己都睁不开眼了。

Cooper最后微笑着对我说："去睡吧！明天早上起来，我一定叫醒你，跟你说 goodbye。"

道了晚安，回到我厨房地板的防潮垫上睡了过去，睡得很沉，像石头一样沉，没有梦。

没有调闹钟，我在等一个人叫醒我……

上午十点多，太热，身体黏糊糊地贴在防潮垫上，让人难受，我迷迷糊糊地醒过来，大家都已经起床了，只是 Cooper 没在，叶子正在收拾着行李，David 和 Kiki 在客厅放着音乐看书。

不甘心地问了一句："Cooper 呢？"

"他去上班了，让我们跟你说再见，不能送你了，一路平安。"

我整个人就那样直愣愣地杵在了原地，心里梗着什么东西出不来。

默默地收拾好东西，推着车和 David、Kiki 纷纷拥抱告别。

继续跨上单车向着剩下的那半个圈儿前进，正午阳光很烈，晒得我昏昏沉沉，脑子里很乱也很空，一低头，眼泪终于还是没能止住地流了下来，悄悄地用衣袖擦干净。

Let it go. 打开我的音箱，骑得飞快，继续逃离！

"Wake up, my love, beneath the midday sun,
Alone, once more alone,
This travelling boy was only passing through,
But he will always think of you."

晚上打开邮箱收到 Cooper 的 Email：

Sorry for not waking you up to say goodbye this morning. You looked too peaceful and I did not want to disturb you. Today I just printed out a "surprise test" for my students so I could sleep at my desk while they worked hard on math! I had an amazing time getting to know you and really looked forward

MOVE SLOWLY AND
KNOW YOURSELF

to seeing you again in China.

　　　　　Take care！ strong girl.

　　　　　　　　　　—Gu Bo

P.S. If you steal my blanket I will be so angry.

但是Cooper，你欠我一句"GOOD BYE"！

9. 逃离柬埔寨

痛并快乐着 快乐着　　　　　灵魂呼唤来生的壳
恨恨且爱且狂　　　　　　　　又冷又透明的寂寞
不理不问啊不想　　　　　　　已经没有痛苦 心依然善良
恨极生爱 爱极又生恨　　　　纯洁匕首 历史的错
爱从苦的最甜里来　　　　　　像沼泽 慢慢陷落
已经过去　　　　　　　　　　将黑暗遗忘 迎接黎明的光
人已死亡 心却滚烫
痛与恨已被遗忘　　　　　　　——改编自齐秦《痛并快乐着》
像流沙 急急流走

不想再过多地在路上折腾停留，但为了办理泰国两个月的签证，我们不得不用了 3 天飞奔了 360KM，最后在这个巴掌大的国家画了一个圈儿，又回到了原点——金边，回到了"沙发客"Calvin 的家里。躺在 King size 的大床上吹着冷气、喝着冰冻可乐、看着韩国 *Running Man* 傻笑，要不是翻看着过去 11 天在这个国家骑行的照片，简直无法想象自己在那条坑坑洼洼的土路上每天疯狂飞蹬 120KM，喝十几杯冰水解渴的日子是怎么熬过来的，路上遇到的法国骑友轻装骑行一天才三四十公里，让我自己都不得不佩服自己太牛 X。

脸上被晒得越来越明确的王菲"晒伤妆"，终于为这个国家的英文名"Cambodia"找到了最合理的中文翻译："烤爆你呀！"

MOVE SLOWLY AND
KNOW YOURSELF

至此，我和叶子的意志力和胃在柬埔寨基本已经被打磨到了极限，再来任何一点的打击都再也承受不起，每天都有一个声音在身体里喊救命："快让我滚出这个让人崩溃的世界！"

有了柬埔寨签证的超轻松经验，我们顶着一身"本土黑"肤色，拿着那两本不怎么受欢迎的中国护照，大摇大摆地闯进了泰国驻金边领事馆，打算亲自办理为期两个月的旅行签证。本以为在中泰友好的指导思想下，泰国签证应该是如沐春风般顺利完成，结果在向签证官解释半天我们骑行旅行计划后，仍然被要求出示往返机票以及预订酒店信息，最终我们被无情地拒绝。

叹口气，灰头土脸地溜了出来，用已经疲惫不堪的身体站在大门口骂几句街。转身就乖乖地把护照和照片扔给隔壁的旅行社，每人再多给10美金，一切OK轻松搞定，睡等4天，直接上门领取。

Calvin问遍了金边各个巴士公司，好不容易才帮我们预订到了可以托运单车前往柬泰边境的大巴车。一切尘埃落定，我和叶子都感受到了如高考结束后的放纵和狂欢，每天都在超市、房间、酒吧、餐厅之间穿行，懒成了十足的社会败类，终于为这次自残游增添了一丝丝腐败游的气息，

还在超市找到了让我欲仙欲死的榴莲冰激凌。

出门几个月第一次坐汽车，而路程则正是沿着我们最后用3天绕的那半个圈儿原路返回，通宵大巴车才得以要到了可以托运两辆单车的位置。在这个问题上，我一直很困惑，有些骑行的同志是如何轻松地一路上找到那么多的"搭车"途径，对我来说，这比自己坚持骑行难上加难。

晚上八点上车，在硬座上蜷缩了一整晚，憋尿憋到全身颤抖，原以为像国内巴士一样，隔几小时会停靠服务站，结果实在憋不住问司机才知道没这安排，再三请求下，终得在一片黑漆抹乌的路边草丛停下来，整车男女老少跟着我下车撒野尿。清晨五点，我俩连同单车和一堆破行李被孤孤零零地扔在了泰柬边境波贝（Poipet）的大马路边，车上大多数人都直接坐车到达泰国首都曼谷，一脚油门，大巴车即绝尘而去，消失在了我们的眼前。

我俩睡眼惺忪一身臭汗，把被扔在地上七七八八的车包捡起拍拍尘土打包装车。路边早餐小摊儿要了一杯咖啡，再要一碗粉，以一颗平常心享用我们在这个国家的最后一顿早餐，而就在小摊儿不远，一妇女正翻烤着8只香喷喷的大耗子，准备卖个好价钱……

MOVE SLOWLY AND
KNOW YOURSELF

Thailand
泰国・国泰

Move slowly
And
Know yourself

问：哪个国家骑车最不愁沿路补给？
答：那个不管城市还是乡村每 5 公里必有加油站，有加油站必有 Mini Mart！冲凉、吃饭、喝水、躲雨、午休，无处不在、一站式豪华贴心补给站的泰国啊！

问：哪个地方满世界找不到 hotel 找不到 guest house 啊？
答：那个地广人稀，只要是住宿尽是独栋小木屋度假村的泰国乡村。

问：哪个国家皮卡满地跑啊？
答：那个满公路上 70% 奔跑着皮卡满载各种水果的泰国。

问：哪个国家瀑布就是专用天然游泳池啊？
答：那个瀑布下的水潭里总有大肥鱼吃脚皮的泰国。

问：哪个国家不小清新就要死啊？
答：那个不管是城市还是乡村遍野小清新咖啡厅、水果店的泰国啊。

问：哪个国家的人民最热心肠啊？
答：虽然英文很烂但是只要问路找住宿，必是开着汽车、摩托带你去，餐餐有人送免费水果的善良可爱的泰国人民。

Thailand / 泰国·国泰

经过了中国的400KM适应性骑行、越南2800KM拉练、柬埔寨1100KM的折磨后,终于我们"逃出"了红色政权国家,在泰国体会到了一种前所未有的叫作"愉悦骑行"的感受。除了一进入泰国时,靠左骑行的不适应外,泰国给我们的是处处的惊喜和感动。这里满世界都挂满了泰王和王后的照片,路边随处可见修建精致干净的寺庙,在这里我们遇到了无数善良可爱的泰国人,还遇到了在这里定居开酒吧的英国人,嫁给中国西安小伙的泰国姑娘,在曼谷当英文老师、当小提琴家的伊朗人,用集装箱搭建自己梦想家园的泰国小夫妻,在清迈开摄影工作室的新西兰人,隐居于泰国北边边境三十多年经营山林小屋的澳大利亚人。

由于我和叶子在后期骑行的行程上有了分歧,又不想以"伙伴"这个大名头来束缚对方,没有谁该屈从于谁,最终我们决定,路到尽头各自飞!我也从心理和生理上都开始了一系列的准备工作,包括学习补胎,在曼谷再买一部可以通信的"棒棒"简易手机,各种幻想我一个人独自骑行会遇到的各种情形,包括睡觉、吃饭、生病、上厕所以及无法阻挡的艳遇……可最终我们还是不离不弃、相扶相持地从泰柬边境,绕着海岸线去到芭提雅,从曼谷再绕大曲线去了一个完全不在计划内的北碧府看死亡铁路和漂浮的木房子,给瀑布下的大鱼喂骑了5000KM的麻辣脚皮,再曲折地返回主道一路北上到了清迈,甚至到了泰国最北边的拜县和那个隐蔽于泰北边境上的山林小屋。

虽然泰国已经被国内的游人踩成了带着反光的地板,但我们还是骑着破单车看到了不一样的风景。

MOVE SLOWLY AND
KNOW YOURSELF

1. 老天扇你一耳光，就定会下一场彩虹糖果瀑布雨

天上风筝在天上飞
地上人儿在地上追
你若担心你不能飞
你有我的单车带你去

天上风筝在天上飞
地上人儿在地上追
我若担心我不能飞
我有你的草原

你形容我是这个世界上
无与伦比的美丽

我知道你才是这世界上
无与伦比的美丽

你知道当你需要个夏天
我会拼了命努力

我知道你会做我的掩护
当我是个逃兵

天上风筝在天上飞

地上人儿在地上追
你若担心你不能飞
你有我的单车带你去

我若担心我不能飞
我有你的草原

——改编自苏打绿《无与伦比的美丽》

Thailand / 泰国·国泰

被柬埔寨折腾得心力交瘁的我们，即使手握白纸黑字两个月签证仍然谨慎如过街大耗子，处处小心提防，全副武装拉响警报，防火防盗防流氓！心里默念几百遍"阿弥陀佛""嘛呢叭咪""上帝阿门"，管他如来还是耶稣，只要能保佑我们顺利过关，到了泰国您就是我干爹。

心里各种忐忑地推车靠近口岸，什么都不闻不看，闭着眼睛混进拥挤的人流，好像这样就能让自己感觉比较心安。结果人流眼前出现两条通道，一条通道有很多的鬼佬背包客在排队办落地签，而作为中国护照持有者的我们早已习惯了被"区别"对待，再加上已经拥有了两个月旅游签证，所以"很自觉地"跟在一群"本土面孔"的亚洲人后面排队，看看我们和他们的服饰和面孔已近似相同，除了手里拿的护照颜色不同，竟毫无违和感！自认为我们就这么"混"过去了，最终还是被两个穿黑衣的警察注意到了。

我们俩都极其默契地瞬间埋头，继续往前走，装作没看见。直到两个警察一边对我们挥手一边用泰国口音的英文对我们大叫。我才不管他喊什么鬼，竟下意识地掉头就想往回跑，要不是手里还推着那么重的车，估计就算他们聘刘翔当国际刑警也不一定抓得住我。

可俩胖嘟嘟的警察突然跑到我们前面一起并排转身摆出一个很可爱的如迈克尔·杰克逊经典舞蹈的pose，只为让我们可以清晰地看见他们衣服背后印的大大英文单词："POLICE"，真是的，差点儿吓死我的亲娘哎！说话就好好说嘛，搞那么大动静，一惊一乍的！

他们看起来很年轻，仔细一看穿的衣服款式像黑色的Hip-Pop，然后两人就像笨笨大黑熊各种扭屁股扭腰展现他们的幽默感，然后用甜甜的声音对我们说："我们是警察，请放心把单车交给我们吧！你们去办手续吧！而且你们是外国人要走另一条通道哦！"

……

MOVE SLOWLY AND
KNOW YOURSELF

在那一瞬间，我竟然有了一种如遇到淘宝卖家热情客服般的亲切感。

比想象中的顺利，没有行李检查，唯一的小插曲是，要求我们填上预订的酒店，还好我们早有准备，早在网上找了一个位于曼谷考山路的宾馆地址，抄上就"刷我的卡"please请进了。

一过关口，我就感觉眼前的世界被美图秀秀切换了"云端"滤镜，还使用了美颜相机，前一秒的世界是污蝇遍地的肮脏茅房，下一秒的世界就变成了小情调的露天花园式咖啡厅。让我不适应到竟不知道该用什么姿势来迎接这突如其来的一切美好。

作为"过来人"的我们已经没有进入越南时候的迷茫，也没有进入柬埔寨时的"错愕"，淡定娴熟地换钱换电话卡。眼前只躺着一条干净宽敞的平坦公路伸向远方，没有选择，没有计划，管他的，先上路走起来！

过于兴奋又过分兴奋的两个人，跨上车就径直奔往右边道，一辆车迎面而来，别扭，奇怪，又一辆车迎面而来，第三辆，第四辆……我终于忍不住停下来，难道我们走错了？！是这条路，没错啊，是哪儿没对呢？反正不对！叶子也没反应过来，也觉得哪儿有点儿不对劲儿。

我挠着头，寻找答案，一辆车继续呼啸迎面而来。啊！靠！忘了泰国是英属殖民地靠左行的国家……

那会儿我们已经逆行了大概10分钟，俩大傻推车穿马路，回归正道。虽然"改右归正"了，但是仍然感觉怎么骑怎么别扭，感觉到了一个左撇子国家，突然用左手吃饭，左手挖鼻孔，还得用左手擦屁股，各种不顺不舒爽，俩字儿："憋屈"！在泰国骑行的20多天里，有超过15天一上路我就逆行，然后再苦X地推车去对过儿。当时心里一直埋怨人类为何这么执拗，为什么就不能团结一心，开个车，还要划分为两个世界反着干！

Thailand / 泰国·国泰

老天爷真的是公平的，在柬埔寨狠狠地扇了我们一记响亮的耳光，到了泰国给我们直接下起了彩虹糖果瀑布雨。

在泰国骑车最大的美好是住得太舒爽！泰国的乡村和城市稍有区别，这里几乎没有所谓的旅馆，只有写着RESORT的度假村，通常都分布在远离主路的乡道上，极其难找。也正因为难找，让我们感受到了泰国人的善良和热情，虽然他们的英文和中国人一样烂，但在每天寻找住宿的路上，遇到过骑着摩托车带我们返骑5KM直到我们登记入住才离去的大妈、有带路兼讲价的娘炮小帅哥、送我们水果的脏辫雷鬼风小胖哥，还有一直没露面的风情少妇开着汽车给我们引路……

RESORT虽然难找但价格实惠（一般都在300BH到700BH），房间几乎都是独栋小木屋或者连排小别墅的奢侈豪华房型。房间内的配备虽然不算特别高档，但是至少干净舒适，空调是必备的，热水也有了，两瓶大矿泉水冷冻在小冰箱里任君畅饮，还是免费的。最关键的是这些小屋通常都被一个巨大的满是花花草草的大花园包围着。关键中的关键是，我们刚从柬埔寨逃出来，心理上的反差，也让我们变得特别容易满足和感恩。感恩泰国一切的美好，看着满大街泰王和王后的照片，我都觉得男才女貌，亲切得很。

平民的价格，贵宾的待遇，让我们懒于在泰国寻找当地人家，每日大鱼大肉，一到房间，冷气吹着，沐浴更衣，大字摆开，开启"大爷"模式生活。

第二点美好是生活配套太方便。即使你来了泰国100次，但如果每次都是飞到曼谷，直接玩各个旅游景点，你并不能体会泰国乡村生活的便捷，这种便捷，完全让我重新定义了什么叫"乡村"，这和中国的"农村"完全就是两个不同的种族。

在泰国骑车最"爽"的一点，并非住宿，而是不管是乡村还是城市，每5公里内必有一个大型一站式生

MOVE SLOWLY AND
KNOW YOURSELF

活服务加油站。这个加油站,以加油为主业,以小型生活超市为依附(多数为品种齐全且价格实惠的7-11,这和国内7-11以价格坑爹迥然不同),部分还配有小资咖啡厅(6—12RMB 的现磨咖啡简直让我这咖啡成瘾者爽歪歪到想喊娘),干净免费的厕所,即使你想要洗澡,也一样可以轻松实现。自此,在泰国的骑行,有了这样的便捷,完全没有了骑行补给的烦恼,倒开始对骑行生活的品质有了小小要求。每20公里,即拐入加油站喝罐饮料吹冷气,打个盹喝个咖啡,或者吃个汉堡。要是下雨了,干脆就不骑了,翻出已经发霉的书,两腿一盘,席地而坐,开启下午茶时间。

泰国的公路全部以数字编号,看地图非常好找,没有像国内一样的封闭高速公路,所以不管多大的公路自行车都可以随便上。数字越小,越繁忙越宽敞,数字越大,越幽静,到了四位数上的公路几乎都是鲜有人迹的小村道。虽然泰国的公路宽敞平坦,但却并不适合骑行,只有很窄的一点路沿当作骑行道,汽车虽然非常遵守交通规则但是速度也开得飞快,路上很多色彩炫丽、装饰浮夸的大巴车、大货车呼啸着擦身而过,掀起的强劲气流让我们随时可能被卷进车底命归西天,还得提防着时不时从旁边小摊儿蹿出的不识泰山的恶犬。当地朋友告诉我们在泰国骑行要特别注意交通安全,发生车祸可以说是家常便饭,就在同年的 2 月刚有一对已经骑行两年的英国夫妇在泰国双双死于大货车的车轮之下。除了大车,剩下的奔跑在路上的私家车里,80% 都是装满各种水果的皮卡。那些在国内被包装得跟富家小姐似的热带水果,榴莲、山竹、红毛丹、龙眼,在泰国全被嫌弃地一堆堆放地上,堆成山丘,卖着白菜价格,恨得我眼红胃小,拿出平时吃自助餐的精神拼了老命吃,做梦都想当个水果小贩把它们通通都盘回家。

最后一点美好当然是,这里啥啥都相当便宜。在泰国,叶子比在越南和柬埔寨更喜欢问一句英文:"How much?"问完后,必是一连串长长的"呵呵呵呵呵呵,爽!",只是

Thailand / 泰国·国泰

过过耳瘾，好像也可以让这种瞬间从屌丝变小资的舒爽感觉加倍。泰国这场彩虹糖果瀑布雨下得酣畅淋漓，下得连叶子这个"守财奴"都开始撒开了手，躺在铺满了泰铢的床上，翻滚呼喊！

陪伴了我一路的"贴心小棉袄牌车载小音箱"被我遗忘在了在泰国进的第一家咖啡厅，舒适的骑行让我在3天后才想起。自此，我再也没能一边摇一边滚着前行，摇滚和民谣都被我抛弃，嘴里开始哼哼着小野丽莎、苏打绿、陈绮贞、张悬一类唱的时候腿都夹得紧紧的小歌曲。

反正在泰国，每天都是情人节！

**MOVE SLOWLY AND
KNOW YOURSELF**

Thailand / 泰国・国泰

MOVE SLOWLY AND
KNOW YOURSELF

2. 夜市里卖出的甜品事业

进入了泰国，我们放弃了急匆匆直接西去到曼谷，而是在地图上找寻"四位数"的小村道，沿着"几"字形大弯多绕行两百多公里，优哉游哉地穿村道，途经泰国的鱼米之乡罗勇府，日日闻着榴莲飘香，沿着海岸线慢慢享受骑行。

泰国民众对待骑单车的旅行者的方式和其他几个东南亚国家有着天壤之别，越南人和柬埔寨人都是那种声嘶力竭式的热情欢呼，一路都如分布着无数的"脑残粉儿"，见到单车就发出条件反射式的尖叫。特别是在柬埔寨总有一种"两岸猿声啼不住，单车已过百间屋"的感觉，因为小孩儿都从马路两边的破屋子里一边冲出来一边像见到蟑螂似的乱吼乱叫，关键是他们长得都太黑，我俩每次仔细地往两边打望还是不能确定他们的方位，最后只好手一挥，对他们喊道："同志们好，同志们辛苦了，同志们太黑啦，首长找不到你们呀！"相比之下，泰国民众的表达方式是那么理性和冷静，在泰国骑行将近 30 天，从没遇到任何一个大人或者小孩儿在路边向我们挥手 say hi，但是每天中午在干净便宜的餐馆里，因为我们一身的行头，餐馆老板都会友情赠送我们一大盘免费的水果，也会偶尔遇到路边皮卡司机在一同等待红灯时，从车窗内向我们伸出大拇指露出一个白净的微笑。

随意爬上一个冷清的小山头，也会偶遇路边的卡哇伊咖啡厅，停下脚步坐看风景品咖啡，甚至连路边卖香蕉的小摊儿，女主人也是打扮得各种时髦，店面虽然简陋，可在装饰上花的心思不输中国城市里的红酒馆。

Thailand / 泰国·国泰

安逸的日子一天天过,两个轮子一天天地做着规律而匀速的滚动,一圈又一圈。这段日子在整个旅行的记忆里,却好似没有发生过,留下不多的照片,写不下几个关键词,一切淡得像没加盐的蔬菜汤。

日子虽好,但只几日,我们就被这好日子淡得发慌。

一种物质的安逸带来的精神贫瘠感袭来,身体懒洋洋,心里空荡荡。

人是一种奇怪的动物,过分的艰辛让人痛苦,过分的舒适又总让人感觉空虚和枯燥,天天面对着蓝天白云,心里又会怀念荒芜的戈壁和沙漠。

赶紧绕进了芭提雅,到城市里去找寻人潮人涌,让人情世故来为我们的生活加点"猛料"。尝试在这个听说过多次的地方寻找"沙发客",没想到,立马有了回应。

Chris 是一个长得有点像憨豆先生但不是特别幽默的英国人,在芭提雅经营一家酒吧,和大多数在泰国生活的外国人一样有一个"非永久性"的年轻漂亮泰国女朋友,给我们提供了一间闲置空房,房间就在一处红灯区按摩房的二楼,房间里拥有一切酒店用品,各种配备都像极了"廉价钟点房"。Chris 并没有和我们住在一起,当然也没办法住在一起,因为整个房间就是一个标准大床房。他带领我们入住后,便交代我们可以随意享用房内一切设施(真担心还有像国内酒店般的付费成人用品),如有需求可直接到街角酒吧找他,他全天候在那里上班接待客人。

他和一路遇到的所有人一样,自然而然地认为我和叶子是"正常男女关系"的 couple,所以这样精心的安排看起来也显得特别合理。我们欢乐地接受了这一切的安排,感恩我们能得到他的招待。不急于去解释什么,我和

**MOVE SLOWLY AND
KNOW YOURSELF**

叶子演了"一路夫妻"也差不多算是老戏骨了,自然得我都以为是真的了。

呵呵……

在 Chris 离开之前,我问了他附近哪里有地道的按摩店,只见他面露难色说等会儿再答复我。

白天进入这个城市,我便感受到了它完全不同于任何一座城市的气息,空气里飘荡着浓郁的荷尔蒙、廉价的香水、各种酒精、毒品、肉体、丝袜混杂和从下水道里散发出来的一切腐败的味道,充斥各个角落。

也许"芭提雅"已经声名远扬,人人皆知。但请原谅孤陋寡闻的我和叶子,在来此之前竟然完全不知这里原来是著名的性都,我们两个误入的素人,在这里显得一切都是那么的格格不入。

夜里,我和叶子出门觅食,刚一下楼,就被眼前这灯红酒绿和浓郁的脂粉味给惊吓得差点儿折返。白天安静空荡的街道突然活了过来,点缀着昏暗的粉红色暧昧灯光,嘈杂的劣质音响里播放着重叠的英文流行歌曲,一个个头发花白六七十岁的白人老头坐在那些半开放式的露天酒吧里,和那些化妆并穿着都极其夸张的 Lady-Boy 欢笑调情,那场景不亚于唐僧师徒闯进了蜘蛛精的盘丝洞,关键我俩还不是那喜开荤戒的八戒,实在欢喜不起来。

我俩把瞳孔调至最大直径,不停地把头左转右转,一愣一愣地前行,静观这眼前发生的一切,如此赤裸而明目张胆。一阵一阵咸湿而腥燥味的海风吹拂拍打着我的胃,差点儿让我呕吐出来。

被恶心坏了的我们，在芭提雅的夜晚都尽量躲房间里明目静心，白天才冒着胆子去逛了那条著名的 walk street，而即使混乱糜烂的夜已退去，但各种眼花缭乱的灯箱广告牌、地面积起的脏水和眼前的破败，仍然让我这个有稍许精神洁癖的人想尽快离去。当然，我们更没有打算花些银子去专门看某些著名的人妖秀或者传说中很大胆而魅惑的成人秀。说我保守也好，说我固化老旧也好，总之我是拒绝的，我真的不怕那些类似"到了芭提雅没看秀你性冷淡"的魔咒。

当然，如果叶子有某些领域的需求，我倒也不反对的。

自然芭提雅的海边也就更不值得有任何的期待了，海并不是这个城市的主题，海边只有站了一整个岸堤的廉价站街女，不断地靠近每一个经过的客人，拉下一单又一单的生意，糊以生计。本想去可兰岛，可一想到跟不爱戏水不爱晒太阳的叶子去，我也没了信心，最终还是选择了放弃。

次日上午和 Chris 相约他的啤酒馆小坐，这个典型的英国男人为我们煮上一壶他大老远从伦敦空运来的红茶，开着车带我们到山顶看山寨感十足的中国寺庙，也不知是智慧的泰国人民还是糊涂的华裔子弟竟把孔子、关二爷和太上老君、观音菩萨等诸神全都请到了同一个屋檐下，好一场道家、佛家、仙人、凡人傻傻分不清楚的景象，倒也一派和乐融融、香火兴旺、信徒满堂。

在芭提雅混沌两日，只得出一个结论，此地不宜久留，撤！

曾在越南时遇到的那对澳大利亚夫妇分享给我一个不同于"沙发客"的网站，域名是"www.warmshowers.org"，意为"温暖的淋浴"，我给它取了一个接地气的中文名字"热水澡"。当然这不是专门提供热水澡的

**MOVE SLOWLY AND
KNOW YOURSELF**

网站，而是一个专门为骑行的旅行者们提供免费交换接待的专门性网站，说得再简单易懂一点就是长途骑行界的"沙发客"网站。

而这个"热水澡"网站不同于"沙发客"网站，并不以城市为据点，而是用 GPS 在地图上准确定位后，你就会看到附近分布的各个红色坐标接待者，不管是城市还是乡村，只要是单车能够到达的地方，就可以感受到热水澡的"温暖"。出了芭提雅，我第一次尝试给附近小镇的一名泰国"热水澡"主人发送了一封简洁到完全不抱希望的请求信，并留下了我们的泰国联系电话，没想到，缘分这个东西真的就那么妙，只在一个小时后，一个操着一口地道中文自称是"热水澡"主人妹妹的女人给我们打了电话，希望可以接待我们。

于是，在去往曼谷的途中，在一个在春武里府叫 Bang Saen 的小镇上，我们第一次体验了舒服舒心的"热水澡"。

让我意外的是，我寻找的本是一个本土泰国男性"热水澡"主人，可最终接待我们的却是他的妹妹，一个叫"润香"的泰国女主人，而她的老公是中国西安人，而且他们已经有了一个 3 个月大的中泰混血小宝贝。

润香大学学习的中文，和她的老公在一家"台企"里认识，那会儿她的工作是采购。后来润香开了蛋糕作坊，生意越做越大，便辞去了工作专心做事业，最后连老公也一起辞去了工作，一起投身于这个家庭事业，住在一栋装修精致的大别墅里，还请了一个缅甸佣人带孩子。

和润香坐下来一交流，我才感觉到了，她真是一个让人喜欢到骨子里的女人。不光中文流利，关键在于她的思想真的很有意思，满满正能量。

润香是在以前读大学的时候，利用了一个暑假的时间在曼谷一所烘焙学校学习的做蛋糕，一开始只是在工作之余做做兼职。在泰国每一个稍微大一点的小镇都有"夜市"，这种夜市向普通大众出租摊位，价格便宜，所有的民众都可以把各种小东西拿去卖，而润香的蛋糕事业就从这个夜市起步，那时候她一天只做两三个蛋糕，每个月也可以赚到不少的外快。再后来，周边有很多的咖啡厅或者小商店都来跟她进货，她一个人也做不过来，就把父母的老房子改成了一个作坊，买来各种设备，再雇佣几个当地的妇女，教她们一起做蛋糕。于是就有了现在的蛋糕事业，家里的一切，房、车都是靠这个作坊赚来的，而她的蛋糕也已经卖到了几十公里外的芭提雅。

而真正让我意外的是，如今润香的想法却是在泰国开一家四川火锅店，在不久前她还专程在中国买了很多包重庆火锅底料回来试验，这就真是巧到非逼着我"厨娘燕"出马好好露两手了。我用地道的川式火锅的做法用她的火锅底料展示了如何做一顿地道的四川火锅，我的身份演变成了厨艺传授交流者。润香购买的火锅装备之齐全简直让我心生佩服，鸳鸯锅、电磁炉、香油、花椒、各种香料、小小的蘸酱小碟，应有尽有，连香菜、蒜泥都一样不少，直让我感叹，是什么样的动力让这样一个泰国女生如此执着地做一件很多人都觉得不可思议的事情，并且她就自然而然地去做了（还是在拥有盈利可观的蛋糕店以及需要母乳的小宝贝之风头浪尖时），脑子里已经浮现出两年后泰国春武里府镇上出现的正宗"泰香"牌重庆老火锅店，那将是怎样奇妙的画面？！

本来只是路过住一晚的行程，也因为润香的热情邀请，再加了一天。润香带我去她的蛋糕作坊参观体验做蛋糕。一开始我误会了这个蛋糕店的定义，润香所拥有的生活，让我不由得以为润香的蛋糕作坊必是那种分布在各个高端购物场内极其高大上、看起来牛哄哄的蛋糕工厂或者工作

**MOVE SLOWLY AND
KNOW YOURSELF**

室。当汽车拐进一条遍布老房子的小巷子时，汽车就停在了路边，我还愣愣地没打算下车。我期待的那个"装X特供"的烘焙工作室没有出现，而眼前这个如街头小卖部一般不到20平米的两间小屋就是润香的家庭蛋糕事业。

我一开始是失望，可最后我确实惊呆了！

这套老房子是润香父母的老房子，除了临街边和省钱，真是挤不出任何优美的词来赞美了。最里面的小房间里放满了大烤箱一类的大型设备、堆得成山的铝制蛋糕坯模具，外面房间只有一个简易工作台加几个煤气炉，我更愿意称这里为"作坊"，空间小到我们3人加3个工人几乎没办法在里面顺利错身。工人也是很朴实的大妈，更没有什么看起来很专业的服装，要真让我不客气地用一个词来形容这一切，我只能说"极其简陋"。

可正是这"极其简陋"，却创造了润香以及她一整个家庭舒适生活所需要的一切。

而想想国内无数年轻人拿着二三十万甚至上百万的父母存款打着"创业"的旗号，花高价租下临街旺铺，任性、放纵、不计成本地按个人喜好做豪华装修，不管市场需求，来不来就要开高X格的"咖啡厅""花店""高档餐厅""旅馆""酒吧"，而大多只几个月便以生意惨淡收场，把经历当作一种"骄傲炫耀"的生活经验放到口水里，把失败的原因全推给各种无厘头的借口，还不必承受这一切带来的后果。

旅行也好，创业也好，都不应该是我们面对这个社会时的一条标有"EXIT"的逃避出口。

它是你手中的吉他可以演奏出美妙的音调，它是你手里的锅铲可以做出美味的佳肴，它是播在春天里的种子会盛开出美丽的花，它是我脚下的单车可以带我去海角天涯。

除了润香的这些事业，我们还在一起"畅聊"了一整天，包括社会、教育以及我不爱聊的政治，甚至还花了两个小时坐在一起看了一部禁片。看着她为宝宝记录的整整一本成长笔记和她每阶段的心情，听着她对眼前这个只有3个月的小宝贝的未来20年的规划，我明白了，只要你有爱、只要你拥有能量，不管你想做什么最终都能实现。她说儿子生日的时候，她不会给他办大型的生日party，因为在一年的365天里，他已经得到了364天最好的生活。他的生活不需要那么多，所以在生日的这一天，她会带他去寺庙或者敬老院、孤儿院，把他拥有的分享给更需要它们的人们。

最后润香也悄悄对我说，如果她的儿子将来长大后的选择是想要成为一个人妖，她会给他祝福，她说这是他自己的选择，至少他没有选择成为一个坏人，就是好的。

**MOVE SLOWLY AND
KNOW YOURSELF**

Thailand / 泰国・国泰

3. 翻越万水千山，只为与你相见

六月的泰国已热成一锅滚烫的皮蛋瘦肉粥，我们才以龟速慢腾腾地驶向大都市曼谷。

一个陌生的异国大都市复杂而繁忙的交通网络，要穿越几环进个城，对于单车骑行者来说可不是什么享受。而要在这语言文字完全不通的地图上，准确找到一个小巷里的坐标点，难度不小于站在车水马龙的长安街上伸出大拇指"搭个免费顺风车"。但对于一向方向感极强看地图从不犯迷糊的我来说这就只是凉拌菜一碟。把一切节奏调整到"舒适"状态，慢慢骑。

曼谷的"沙发客"，是一个在泰国当英文老师的伊朗人—— Shariar。提前给了我一张标有地址坐标的 Google 地图图片，是市中心一条小巷里的电梯公寓。早上我们从 90 公里开外的春武里府出发，进入雨季的泰国，每天必是会时不时下几场瓢泼大雨，一路走走停停，冒雨前行，到达城郊已是晚上七八点，借着夜灯在城里穿梭，一路骑一路问，看着很近的那个点，却一不小心耗到了九点，还离着好几个街区。路边一火锅小摊儿勾起了我的食欲，和叶子商量吃完再慢慢找，反正又不是急着去开房。

刚一坐下，菜还没上，一场悲剧就发生了……

叶子手一滑，"咕咚"一声我们所剩唯一的通讯工具"叶子的手机"掉进了路沿下的下水道。一切都发生得太突然，我俩隔着下水道的铁栅栏眼睁睁地看着泡在脏水里依旧还亮着的手机屏，抓了瞎。

MOVE SLOWLY AND
KNOW YOURSELF

手机是一个朋友送给叶子的二手破手机，只能勉强算得上"智能"，可以聊微信，可以打电话，拍照什么的基本都可以忽略不计，要放在平时这手机掉地上了，我都不会弯腰去捡，可这已是长期混迹于泸沽湖的叶子用过的最高级的手机，所以我还是在叶子的脸上看到了不舍和心塞。

一向内心冷血的我，只伤感了三秒即转而焦虑另一个大问题："手机可以再买，可这下正在家焦急等待我们的 Shariar 该如何联系？"

冷静，切勿焦躁！再怎么崩溃也不能解决问题。

果断拿出 iPad 翻看之前的联络邮件，还好找到了 Shariar 的手机号码，借来旁边桌同样吃火锅的泰国时尚女生的 iPhone 5 拨了出去。

我必须感谢这一切是发生在人人都如此真诚善良的泰国，不光借到了电话，解释清楚了一切，那位女生还帮我们在地图上再次确认了地址，给我耐心讲解，只半个小时我们便准确到达了公寓楼下，公寓保安也毫无防备地将电话借给了我们，看到一脸微笑的 Shariar 走出公寓大楼来迎接我们的那一刻，我心里的石头才落了地。看似可能会带来大麻烦的夜晚，我们却如此顺利地解决了一切。

意外吗？我要说我只为手机的遗失而感到意外。

而后来所发生的一切，在泰国都可以找到合理的解释，毫不意外！

来到了文明的繁华社会，那就开启"社会模式生活"吧！逛 Shopping Mall 买手机，坐地铁、搭公交、招个电三轮在中国城里观观光，豪气豪气，经过无数金店，看着进进出出的华人吐一口唾沫骂一声"俗气"过过干瘾。

叶子更是跑到"考山路"买了一堆T恤，还大方地花500元扎了一脑袋的脏辫儿（叶子说国内更贵，同样一脑袋起码宰你1000块，考山路的手艺好还便宜），叶子说想赶在头发掉光之前，感受一下发量爆炸的感觉，也好顺便去泰北山里装装嬉皮士。结果叶子充分体会到发量爆炸，因为发量多到再大的帽子都没办法盖到头上，以至于在后面每天骑行的日子里天天被晒得跟汗蒸狗似的。也因为脏辫儿扎得太紧，叶子还体会到了头皮炸裂的感觉，后面好几晚都夜不能寐。除此之外，还有每天面临超大工程量的洗头困扰，以及头发多了头挨不到枕头等等日常起居问题。

我承认把我笑抽了，我看到一脸哀怨的叶子十分幸灾乐祸，可我内心其实也是想要一头脏辫儿的，只是没有叶子那么豁得出去。

到了曼谷，我和叶子开始面临接下来不同的路线的抉择。叶子不想去泰南海边，他骨子里不感冒一切俊男靓女沙滩裤比基尼，也不想去华人和穆斯林文化充斥的马来西亚，一心只想到泰北逛逛后，直接去印度撒欢，过过用右手吃饭，左手擦屁股的逍遥日子。泰北我是要去的，我打算同叶子一同北上，可我仍然贪心地不肯丢掉泰南各种美好的海边城市，过过 sun of the beach 的舒爽日子，还可以顺便考个潜水证什么的，提升提升我的单车旅行档次，然后再继续往南从陆上去马来西亚晃晃。

计划这东西，真的很少有靠谱的时候！

连上 Wi-Fi 立马和很久未见无比想念的 Dan 视频聊天，这样状况下开始的异国异地恋，真是对精神上的一种极大折磨。

时间临近暑假假期，Dan 希望可以尽快见到我，并且能一起有一段旅行，only 我和他，而不是我和那片叶子。听完我的计划后，他一副立马下注，

**MOVE SLOWLY AND
KNOW YOURSELF**

就怕这女人一下子主意又变了似的,第二天就预订了自己7月底从成都飞吉隆坡,以及8月4日我们一同从吉隆坡返回成都的机票。并且这机票钱是在当志愿者经济上极度拮据的Dan卖掉他在美国的自行车换来的"血汗钱"。

对这一场"计划中"的浪漫邂逅,我当时是期待而兴奋的,只是觉得时间有点儿赶。

结果就在我认为一切如此顺理成章之时,再一个"惊天大雷"在我头上炸开!

本想在考山路找家旅行社搞定烦人的签证问题,结果逛完了整条街,居然没有一家VISA服务有马来西亚签证!为什么?一问才知道,除了像叙利亚、伊拉克这些战乱国家外,马来西亚都是免签的!而中国很不幸地位列这为数不多的"战乱"国家之中!所有旅行社的人都叫我自己去大使馆办,说得极其简单!分分钟搞定!

但是,我不信!

当我跋山涉水赶到冷清的马来西亚大使馆,用情至深地向负责签证的大使馆漂亮姐姐讲述了我伟大的骑行计划后,她毫不犹豫却又温柔地拒绝了我!理由是泰国南边三个府每天都在发生各种汽车炸弹事件,请我务必不要骑车从陆路进马来西亚,即使你向她们发誓担保"我的狗命,我做主"!好吧,不让我骑车,我订机票从曼谷飞去可以吗?温柔美丽大方的大使馆姐姐继续极其耐心地给我讲解,如果我想要签证,我需要写一封感人至深的申请信解释我为什么要去马来西亚,再找一个马来西亚的当地人给我出具一封介绍信,然后各种财产证明、没干过坏事的清白证明云云，我已经没心思听了，反正即使把这些通通都上交了，尊敬的大使馆先生会看看我的信是不是真的那么感人让他老人家不得不给我签证，但是极大的可能还是会被拒绝，并且这种可能性高过80%。

最后那位可人姐姐百思不得其解地问了我一句："你为什么不回到中国去办签证呢？那样一切就简单多了！分分钟搞定！"

……

内心万千草泥马在奔腾，马蹄声声，尘土飞扬，场面宏伟大气。

绝望无助地离开大使馆，阳光很刺眼。我真的不希望辜负这一场与Dan在异国他乡的"盛会"，一场简简单单的美剧式恋爱就这样硬生生地扭曲成了琼瑶剧情。

一切计划，就这样被一张签证撕得粉碎，连渣都捡不起来。自认为神通广大的我，也一时间乱了阵脚，食不知味，彻夜难眠，两只眼睛一直睁着，躺在沙发上望着天花板，颇有点儿"死不瞑目"的味道。

前半夜，我的思想内容主要以"不瞑目"为主题，各种委屈悲惨，幻想着Dan一个人在马来西亚旅行，空旷的大背景下，只有一个孤单的身影，甚至让我想起了朱自清的《背影》里那个抱着橘子爬过月台的老父亲。在海边木屋的清晨，熟睡的Dan一个转身却只有空空的床榻，不见他的爱人，更不见了各种本该有的缠绵暧昧的镜头，一想到这些就让我的心纠结得打上了好多个死结。上半夜我被自己捏造的悲惨剧情悲得痛哭不已，哭得累了，心也操碎了，眼睛一直睁着都麻了，下半夜，我找到了一种回光返照的感觉，在累、困、心碎到极致之后，身体开始出现一种

**MOVE SLOWLY AND
KNOW YOURSELF**

莫名的亢奋，脑子里被多巴胺填满，那状态要是让我去卖保险，或者做成功学演讲，应该都不用热身。这时候各种想法，都自带两针鸡血。

就在这样的状态下，我怒睁着带血丝的双眼给自己"杀"出一条血路来！那个大使馆美女姐姐给我指的那条"明路"就像红地毯一样摆在我的面前，我昂首挺胸跨了上去！为什么我不回中国去办签证呢？时间还有一个多月，骑到泰北，再穿过老挝，到了昆明，4个工作日我就能搞定一张签证！然后再订一张机票，飞去那遥远的地方来一场可歌可泣的相会。

如此"神奇"的决定，真的也只有在我的幻想里看起来那么合理。但合理从来也不是我的人生准则。

好吧！自己选的路，跪着也要磕完！

*MOVE SLOWLY AND
KNOW YOURSELF*

4. 追逐一张照片的良辰美景

那个"神奇"的计划诞生之后,我也干脆把后路全堵了,直接订了7月22日从昆明飞吉隆坡的机票,把计划落实到打上具体日期和时间点的机票,基本这事儿就八九不离十了,因为我太抠,只要跟钱过不去的事,我都异常理智。

掐指一算,只要在6月底离开泰国,都来得及。还剩了20天左右,而曼谷到清迈也就700公里,嘿,巴扎嘿!时间一下富裕到不行,反倒不着急了。

"沙发客"Shariar在不经意间让我看到他拍的一张非常漂亮的照片,照片里有一条非常清澈的小河,河面上漂浮着一排小木屋,周围山清水秀,好不惬意。追问来源,才知道这个地方在曼谷西北边160公里外的北碧府,那里有号称世界最美铁路的"死亡铁路"和照片中的"floating house",还有数也数不清的瀑布群。

不用讲大家也料到了,我的好奇心让我无法错过这一场未知的附加旅程,临时起意从曼谷出发绕道北碧府,找寻照片中的美景去。至于北上,不急。

叶子也欣然同意,从这一点来看,他也绝对算得上"中国好搭档"。

曼谷到北碧府的距离是160KM,算是最终还要回到主道上去,我们大概多绕了240KM。从后来我们看到的美景来核算,这绝对是一门"划得来"的生意。

首先北碧府的城市里，有一片旅游集散地，旅馆酒吧餐厅成群，生活配套设施应有尽有，非常舒适，价格也很合理。由于骑行，我的体脂已降到了最低，肌肉也变得更加紧实，线条突现，穿上热裤和性感低胸背心，披着我的长发，无论从背面还是侧面看，都绝对算得上"晃一眼李孝利"。夜晚和叶子在街上闲逛之时，时不时还能吸引酒吧里正左拥右抱的白人死老头儿向我吹吹口哨，召唤我去饮酒作乐。

到达北碧府后，我们再次租来一辆小摩托，拿一张简易地图和凭着记忆里那张美爆的照片就跑出去"追梦"了。

我们也确实找到了 Floating House，它们远远地漂在一片幽静的河面上，可我们只能得机会远远地站在大桥上观望！因为我冒着胆子上门询价，一千多人民币一晚的价格在那时直接把我吓得往后退了五六七八步。

就看看吧！该你的你受着，不该你的，眼巴巴地看看也是极好的！我那包治百病的阿 Q 精神嘿！

咱还是去看那不要钱又美死人还有故事的"死亡铁路"吧！一开始听到死亡这个词，就有一种"不明觉恐怖"的感觉，是因为地形很艰难么？不懂又不耻下问的我再次跑去问度娘，度娘见我饿得慌，给我煮面汤……一边煮一边说道："Death Railway 是日本在第二次世界大战期间为了占领缅甸修建连接泰国曼谷和缅甸仰光的铁路。死亡铁路的名字来自建设时工人的死亡率。工程中总共募集了 1 万 2 千名日军（第五铁道联队）、盟军俘虏 6 万 2 千人。"

……

MOVE SLOWLY AND
KNOW YOURSELF

度娘虽然看着风情万种，但是每每说话都太生硬！这些数字告诉我什么呢？听起来是一个大型工程，可这和我们中国千千万万的铁路相比，到底艰辛在哪儿呢？这一眼望过去，喀斯特地型遍布的地区不应该比建造什么成昆铁路或者青藏铁路更难吧！用数字和概率跟我这么一个典型的文科生是讲不通的，更没有吓唬住我。这也许就是我们这些出生于和平年代的死小孩儿都有的通病，当我们这群人在读历史的时候我们在思考什么，通常只能把那些血与泪的历史读成一道记住了就可以得十分的高考题目，一道把生命当成数字的算术题随意地加减乘除，当那些老一辈人说得痛哭流涕的时候，我们甚至还会觉得怎么那么矫情，暗暗地溜一句："至于么？"一副典型的这事儿与我无关，就是站着说话不腰疼的臭脸皮。

如果是在我们的历史教材上看到这段历史，我也确实只能想到这么多了。

北碧府的这一段死亡铁路是至今保存最完整的一段，甚至仍然有火车会经过。而这一段里最著名的是一座桥——桂河大桥。历史里关于那座桥的故事很凄美，但应该是用木头来建造的，而且当年应该就炸毁了，而眼前的桂河大桥的桥身是钢铁建造，结构缜密，刷着漂亮黑漆，厚实的桥墩稳稳地扎在河床上，看上去相当结实，如此"硬汉"静静地躺在那条平静的小河之上，在这"现场"能感受到更多的是"静谧而伟岸"，并不会感觉和死亡有何相关。但以上的感受通常是发生在我们只看到一段生硬的文字介绍时，然而即使像我这样不爱读史的人，当我站在这条铺陈的铁路上时，虽然从上面经过的不是曾经那列载满日本军人和物资的火车，而是各国穿着时髦的旅客，我仍然会肃然起敬，就像没有信仰的人进入了教堂也会自然而然地带着一颗敬畏的心沉静下来。

继续寻觅，行至桥下发现有一块用中文写着"中国远征军功高如天"的墓碑，上面写下了一段故事，只言片语描述得非常简单，故事是这样的：

"在'二战'期间，中国远征军的战俘在这里为日本人辛苦修桥修铁路，累死、饿死、病死无数，而当此桥修建好后，这些被俘的远征军又被日本兵用作'诱饵'，穿上日本兵的衣服，然后捆绑于大桥之上，当作引诱战机轰炸的目标，每一轮轰炸过后，河面漂满浮尸，然后再一批战俘被捆绑于桥上……"

看完这段简单的文字，我头皮发麻，有一点儿没办法继续看下去。完全不敢相信，眼前这座看似平静而敦实的铁路桥，这座如今的旅游景点，承载的却是那些革命先烈用生命染红的历史，眼前那片碧绿的河水瞬间被染上了一片血红。

后来为了更深入地了解这段历史，我也专门搜寻了那部经典同名电影《桂河大桥》，电影讲述了一整个连的英格兰战俘如何从抵制到妥协到最后付出感情去建造一座大桥，再到最后亲自炸毁了这座大桥的故事。

虽然这是一部带有美式喜剧风格的老电影，虽然它讲述的是英格兰战俘修建的这座大桥，和中国远征军后人所立之碑所讲有所出入，虽然贯穿整部电影幽默的语言和俏皮的情节设置都在试图用一种轻松的方式来表达那段沉重的历史，可我心里的沉重还是增加了许多。再到后来看了同样以"二战"战俘为题材的电影《坚不可摧》，这座大桥和那些战俘的身影再次映在我的脑子里，挥之不去。

告别这挥之不去的沉重，骑着我们的小摩托奔赴下一场玩乐的盛宴。北碧府的瀑布多得就像下雨后积起的小水涵。不管你往哪条路走，到处都有各种指示牌指向各个瀑布，当然瀑布有大有小，我凭着直觉在地图上找寻了一个应该比较"大"的瀑布，名字已经记不起，就跟成都、重庆满大街的"老火锅"一样，都是一样的锅，都是一样的灶，都是一样的

MOVE SLOWLY AND
KNOW YOURSELF

汤底和蘸料。

结果一路经历暴晒和狂风暴雨的洗礼，我们下午三点半才到达了瀑布，景区管理员说只开半小时了哦，抓紧看一眼吧，尽情享受吧！国外收门票的景区瀑布和国内截然不同，国内看瀑布，国外泡瀑布。国内的瀑布我去过不少，各种名字取得花里胡哨，什么"九天飞瀑""五彩叠瀑"呀，不论水量大与小，不管下面是否有积水，都会难逃被栏杆团团围住挂上"此处危险"和"禁止游泳"牌子的命运，唯一能做的就是站在岸边干瞪眼，以瀑布为背景比个"耶"拍个照。而国外的瀑布基本就等同于"天然游泳池""天然鱼疗馆"和"天然跳水池"等，除了佛教国家对游客的服装尺度有些许规定外，几乎没有任何限制，瀑布不论大小，水潭不论深浅，里面都堆满了男女老少。

来到最大的那个瀑布水潭，我才知道这里确实算得上是"大"瀑布，倒不是这里瀑布的面积有多大，而是这里瀑布下面的水潭里生活着的那成百上千的鱼真的"超""巨""大"！国内的鱼疗馆里的鱼都是鱼苗级别的大小，让你感觉痒痒的酥酥的很舒爽。在东南亚无数的瀑布下面我们见过最大的也就是一两左右的小鱼。而这里的鱼，每条看上去都足足有一斤以上，大嘴巴一张，还带满嘴獠牙！

叶子一向只做冷眼旁观的摄影师，旁边有两个中国女游客脱了鞋在边上做鱼疗。我继续遵循"有水必下，有树必爬"的大无畏精神，毫不吝啬地换上我的比基尼展露我健壮而美丽的身体准备下水。刚把脚伸进水里，一下子就让平静的鱼池炸开了锅，只见大鱼儿欢快聚集到我的脚周围，一时间每只脚同时被六七条大鱼啃食，我这骑了快五千公里的脚皮，简直给它们开了一顿大餐，那带牙的贪婪撕咬，让我想起了一群长着鱼脸的僵尸正向我袭来，引得我发出阵阵杀猪般的号叫！

Thailand / 泰国·国泰

以至于本来游泳不太厉害的我，为了摆脱鱼群的撕咬，用尽了全身的力气逃命似的冲到了瀑布下的石头旁，一对俄罗斯夫妇不知所以，还为我这英勇的表现而欢呼，把我拉到大石头上坐着聊天。

他们哪知道，我其实是个逃兵。

那么问题来了，游过去了上岸了，我又该怎么游回去呢？

**MOVE SLOWLY AND
KNOW YOURSELF**

Thailand / 泰国・国泰

*MOVE SLOWLY AND
KNOW YOURSELF*

5．一亩梦田筑一个梦幻家园

每个人心里一亩
一亩田
每个人心里一个
一个梦
一颗呀一颗种子
是我心里的一亩田
用它来种什么
用它来种什么
种桃种李种春风
开尽梨花春又来
那是我心里一亩一亩田
那是我心里一个不醒的梦
——摘自齐豫《梦田》三毛作词

在北碧府放纵玩了4天，我们必须得乖乖认真赶路了。从北碧府往回穿过素攀武里府，再折转来到了NO.340，沿着这条路一路北上汇向通往清迈的NO.1公路，虽然NO.340不是个很小的数字，可这条公路的确算得上一条忙碌的大马路。在这样的大路上认真赶路的日子，路上除了提防忙碌的车流和路边可能突然冲出的狗，也真没什么可关注的，条条大路通罗马，条条大路都变着各种花样地无聊着我们已经麻木疲惫的审美观！我和叶子的状态就跟平时上班族的周一到周三差不多，交流的欲望也不

Thailand／泰国·国泰

多，各自赶着各自的路，谋划着各自的小心事，有饭就吃，有觉就睡。事实是，在5个多月的长途旅行中，这样的日子其实是大多数，多到有4个月的时间估计都不那么"有意思"，我们已经算是能整事儿的骑行者，才会发生一路上如此多的奇葩故事。

可不管我处于什么样的状态，我对身边的事物都拥有比"缉毒犬"更灵敏的嗅觉。就在这个出了素攀武里府的NO.340大路上，在叶子和我都已经麻木飘过的一个路边，我的雷达突然"哔哔"地响了起来。立马停车探个究竟，这里真的太容易就这么随意地错过了，容易到再给我一次机会，我完全没有自信会再找到这个地方。这堆"建筑"在离大马路往里还有10米左右，外面有一些树阻挡视线，他们的招牌又是那么不明显，更不用讲还是写着扭曲泰文的低调招牌。

之所以停下来，只是因为那扇透明玻璃内，我感受到了投向我们的一束注视的目光。我在错过后停下车，叶子听着摇滚乐不明就里地被我叫停下，我在原地迟疑和向后张望了半分钟。突然里面有人在向我挥手，当时我以为是在召唤我（一向自恋过度，觉得全世界都那么爱我，后来才知道是人家见我停在路边发愣很危险，一直挥手示意我快点前进或者离开那危险的大马路边），然后就自己往里钻了进去。

于是就滋生了后来如此神奇的一段际遇。原来我们差点儿错过的这片大概占地1亩的土地，是一对年轻的泰国夫妇租来的。而他们在这片空空的土地上亲自搭建起了自己的"梦幻家园"。

如何梦幻？

我眼前的这对小夫妻在这块租来的空地上用拖来的废旧集装箱和各种材

MOVE SLOWLY AND
KNOW YOURSELF

料，亲自搭建了一间咖啡厅、一间杂货铺、一间卧室、一间厨房、一间浴室以及一个简易大车篷，而这大车篷下静静地趴着两辆古老的大众T1老爷车，甚至连这里的家居和花草树木都是他们亲自种上的。后来翻看泰国的各种装修杂志也发现了其中的差异，中国的家居杂志都是一味地呈现出成品，最好整个家给你搭配好了，你只管"买！买！买！"，然后这家就搬到了你家成为了你的家，而泰国的家居杂志更多的是在贩卖各种装修工具，以及各种家具的施工图，这并不是指像IKEA宜家那样，给你简易小扳手，你只是按照说明拧上几颗螺丝的那种说明书（即使那么简单的操作仍然让无数中国人感到麻烦和折腾，中国都讲究一站式一条龙服务，就是舒爽到只需要在网上看上一样家居，手指一动下了单，就只需要开一瓶红酒，坐沙发上，等工人上门把家全给你搞定的那种），而是如何从一块整木开始，包括测量、切割、打磨、上漆等全套的施工图，是真正自己来"做"你想要的家具。同时在杂志上也会看到很多的旧物改造方案，用废旧的架子鼓做成个性的顶灯，用电缆线轴木做成可以放书的滚动茶几……

看到这里，不禁想到，我们国内的年轻人，有几个是会自己动手从一块木板开始做家具的？别说做家具了，要是家里水管爆了、厕所堵了、电跳闸了、灯泡坏了……如果不是影响生活大碍的，也许就一直让它继续坏下去，要是撑到没办法继续撑下去了，那就打个电话叫物业来修。在这个问题上，我也是惭愧的，骑了半年的车，连个车胎都还是拒绝补的，坏了就坐在原地等叶子来解决。在家里的时候，不管是什么东西坏了，都是直接在微信上求助，或者叫工人来处理，唯一动手做过的，也就是拼过在宜家买的一个书架子而已，还要发条微信炫耀一下自己有多么能干……

男女主人的英文都不太好，女主人勉强能够做一些基本的交流，但仍然非常友好而吃力地向我们介绍着他们生活的一切，讲错的时候，会很害

Thailand / 泰国 · 国泰

羞地露出大大的笑容,眼睛都笑成了一弯月牙儿。男主人是一个长相朴实、性情温和得像凉白开一样的男人。或是一个人在角落里忙碌而认真地做咖啡,或是静静地靠着窗但眼神却一直注视着他心爱的女人和我们交流,偶尔插一两句让女主人翻译给我们听,当听到我们称赞他的照片非常棒的时候,会腼腆地露出一个干净的笑容。坐在他们的集装箱咖啡厅里,光线柔和,在两节集装箱之间的墙上挖了一个圆形的玻璃窗,女主人告诉我,集装箱用圆形窗的设计想法是来自于他们最爱的"相机镜头",希望透过镜头可以看到那些美得不可思议的生活点滴。集装箱的侧边是可以推开的两扇铁门,一扇门上是眼前这个女主人自己动手画的一些可爱的并和他们生活有关的元素小图:她和她老公的卡通形象、咖啡、老爷车、单车、相机、蛋糕、小熊……而另一扇门上则挂满了男主人拍的无数黑白照片,记录着生活中一切美的瞬间。女主人并不是一个专业做绘画设计的人,纯粹半路出家,自己喜欢乱涂乱画,只学会了一点点 PS,后来干脆把自己画的这些小小画放到了 T 恤上、小包上、小本子上、杯子上……最后放上的东西越来越多,就在隔壁 5 公里开外的古镇"三烹市场"上租了一个小铺面来卖这些印有他们生活信息的小玩意儿以及她先生拍的那些黑白相片。集装箱面朝院子的那一面铁皮被切割掉了一大块,安装上大大的透明玻璃墙,坐在简易吧台边就能看到院子里所有的风景,这有一只叫"小 Q"的狗在院里撒欢疯跑,还有一只选择在这里生活的没有名字的流浪猫,这一切的一切都让人感觉,不多不少,刚刚好。

刚坐下不一会儿就有客人专程开车过来喝咖啡,来这里的客人几乎都是主人早已熟识的朋友,没有拘束的服务,没有专门的服务员,如果真要算那也只有那条窜来窜去的狗。男女主人笑脸相迎,客人随意找个最舒服的位置喝咖啡和主人随性聊天。

后来翻看了女主人的 facebook,看到他们无数的如电影里才会出现的场景

*MOVE SLOWLY AND
KNOW YOURSELF*

照片：极其小清新而又温馨的婚礼；各家开着老爷车带着乐器在地下车库聚集开现场音乐演奏会；把老爷车当房车，带上桌椅板凳、吉他和狗，一路玩一路演绎青春文艺的照片；到各个村子去搜集的各种老旧物件。我承认，我一边看一边内心里装着满满的羡慕和妒忌，这样的生活对我们来说真的太奢侈了。上天总是保佑吃饱饭的人，可如果中国的青年想要选择同样的生活，有可能先填饱我们空虚的肚子么？

在国内，我身边的各路文艺青年朋友貌似也过着各种不着边际的生活，但除了家境殷实的富家子弟，大多还是套在"某些大框框"内无法真正地跨出去，他们仍然在思考着每个月的租金、营收、利润、口岸、客流量，以及各种营销促销手段，很多的轻松也不过是自己营造出来的催眠药，假装惬意和优雅，冷暖自知。

在男女主人的盛情邀请下，我们再一次厚着脸皮"住下了"，在隔壁间杂货铺的地板上扎起了帐篷，女主人给我们做了简单爽口的饭菜，我们便在这个温暖的梦幻家园里度过了一个惬意的夜晚。

第二天大清早我和叶子便跟着男主人开着那辆憨态可掬的大众 T1 老爷车去赶早市，而女主人在家里准备早餐，这也是他们的日常生活之一。这辆 T1 老爷车虽然外表看起来掉漆严重，年岁已高，但动力强劲，只是减震效果稍显差，后面被腾空的客舱更是超级能装，要想装一头小象进去应该都不成问题，装一个移动麻将桌还有足够的空间配四个凳子。我们三个人挤在驾驶舱的长条座位上，男主人操纵着古典款式的方向盘，机械感十足，转动的时候还会发出吱吱嘎嘎的摩擦声，我们随着车身的颠簸上下左右摇晃，那种感觉真的太奇妙了。我记得我和叶子一直乐，乐得像个傻子，因为它太不真实了，就像一个从电影里走出来的大玩具，而现在我们却乘着它奔跑在这宽敞的大马路上，那种虚实之间错乱的感觉顿时让人童心泛滥，就像哆啦A梦那个蓝胖子突然来到我的面前，和我牵着手在草地上转圈圈儿一样！

从隔壁小镇的早市上买来包在粽叶里烤香的小米粑，天然的椰奶果冻和一些新鲜蔬菜、水果。回来时女主人已经为我们准备好了丰盛的早餐，男主人再赠与我们一人一杯香浓的现磨热咖啡，我想这大概就是我一直在追求的"最美好的生活"的真实演绎吧。叶子搬着自己的小网本坐到院子里喝着咖啡敲着文字记录下眼前这美好的一切，感恩上天对我们一路的眷顾。

MOVE SLOWLY AND
KNOW YOURSELF

Thailand / 泰国・国泰

*MOVE SLOWLY AND
KNOW YOURSELF*

6. 生命中最美丽的一天

清迈这座小城，在国内几乎已经被传说成了一个传奇的地方，那些 PS 严重的图片和文艺至死的文字仿佛在用生命告诉我们这是一个"无忧之城"：清新、清静、必可寡欲、可涤凡尘，再急躁的人到了这里都会放宽心来享受当下悠闲而安逸的生活，一切烦恼就自动 say goodbye。这让我想起曾经有很多人喊着口号："去西藏，让心灵得到洗涤！"当然藏族地区的蓝天白云让人心旷神怡，然而这一切并没有什么卵用，去了以后烦心的事情依然在你心里不增不减。

不过清迈这名字倒是翻译得自带几分美感，定位也很精准，让人一听这名字就会自然地想放轻步子，轻轻迈。我和叶子对清迈多少也有些期待，但又多少有些担心，担心期望越大，失望越大。于是，索性淡然一些，管它是不是如传说中的一样传奇，它是什么样便去真诚地感受它本来的样子或许还会有些许的惊喜发生。

清迈的"沙发客"非常多，也比较好客，但同样大多都是在此短暂停留的"老外"，甚至还有在宾馆里包月的"沙发主"。一开始，我被一个在当地儿童村做义工的英国女生所吸引，因为她的档案里有一张一只野生放养大象在昏黄的小河里洗澡，而她却自在地躺在大象身上嬉戏的照片。这照片美得简直让我窒息，那绝不是我们跟着旅行社到大象驯养基地就能遇到的场景，看了她的文字介绍，这一幕发生的地点也正是在这个儿童村，我便开始有一种按捺不住的兴奋感。我发了狂一样一封接一封地给这个女生发邮件，一副一片丹心照汗青的挚诚，希望这一美好得像梦一样的情景可以发生在我们身上。这个儿童村在城郊，而我们可以轻松骑行前往，

Thailand / 泰国·国泰

同时我们也可以教孩子们画画，叶子还可以教孩子们打鼓、学习中国文字和歌曲……好吧！我简直把切·格瓦拉在《摩托日记》里发生在麻风村的故事改编了一下版本放在我们自己身上并开始了无边无际的幻想，我甚至想到了也许我们会长住下来，和那些野生放养大象产生一段可歌可泣的故事（我的确是一个可以仅靠幻想就能过上幸福生活的人）。

在后面很多天不断靠近清迈的日子里，我都靠着这些幻想把单车踩得更加强劲有力。可等了将近一个星期，那个女生只回复了我一封简单得仿佛看到一丝希望但又看不太明白意图的邮件："欢迎你们到清迈，你们骑车很酷，希望我们可以接待你们！"我又赶紧追加一封邮件问询儿童村详细地址，然后，就没有然后了，没有留下任何地址信息，没有明确的回复，只有一个再也没有回应的邮箱地址，这让我在接下来的好几天的时间里都很沮丧。

在离清迈还有三天的路程时，还是没有等来回复，我简直都想给"沙发客"网站总部发投诉邮件了！她怎么可以如此不负责任，如此随意地就把我给遗忘了！但无奈我能做的只有放弃等待，漫不经心地向其他的"沙发客"发送请求。

有时候故事就是这么曲折而惊喜，神奇的缘分又撞上了我，我居然在其中一位叫"Kevin kj"的"沙发客"的评价栏里，找到了David和Kiki的身影（这对在暹粒一同借宿在Cooper家的"沙发客"小情侣）！他们大概在半个月前也住在他家里！再翻看一下这位"沙发客"主人的资料更有意思，他从2012年到2013年仅一年的时间里，竟然接待了将近150位"沙发客"！最夸张的时候同时招待了4批共8个人，甚至有一些"沙发客"在他家里居住时间超过3个月之久！而他资料里的那些照片也非常吸引人，原来他是一名来自新西兰的自由摄影师，在清迈定居两年了，他给

MOVE SLOWLY AND
KNOW YOURSELF

每一位他招待过的"沙发客"拍摄照片,而他自己的照片上那两片翘起的"车把"大胡子也超酷超好玩儿。也不知道当时哪来的底气,当我发出给他的请求时,我就已经基本确定,他一定会接待我,我们一定会见面,这又将会是一个美丽而有趣的故事。

嘿,清迈,轻轻地,我们驮着大包的破烂行李向你骑过来了!虽然不像我想象的那样浪漫!

当然如我所愿地,Kevin 以最快的速度回复了我,并且将他家的地址及有标志的地图发到了我的邮箱,看得出来应该接待成了一定规模,所以发送地址的邮件相当专业且图文并茂,会让人误以为是预订的酒店。再次佩服一下我的人工导航定位系统,不管什么样的地图和语言,我总能准确无误地找到我们想要到达的地方。我们就这样直接到达了 Kevin 位于二环边上的连排别墅公寓,直接按了门铃,就像他家闺女回家一样随意而霸道地朝着里面的老爹大声呼喊。

"Hey,Kevin! We are coming!"

"Hey!Lion!Leaf!Welcome!"

那个照片上看起来极其戏剧化的翘胡子老爹 Kevin 就从房间里跑出来,给了我一个大大的温暖的拥抱!

从这个拥抱开始,我和叶子前前后后赖在 Kevin 家待了将近 10 天。因为行李太多太杂,我们在众多房间中挑选了没有空调只有风扇的一楼小院外搭房间,进出自由,也不打扰 Kevin 的工作且停车方便。Kevin 住在三楼的房间,二楼是他的摄影棚和私人影院,一楼是他做后期工作的电脑室并连通着后面很大的一间厨房，前面有一间陈列了很多他的摄影作品但不怎么用的客厅。每天清晨Kevin六点半左右就起床用一整块大的麻布裹在腰间当家居服来到一楼电脑工作室，打开电脑播放舒缓的古典音乐，然后到厨房用那个煮了4年的土耳其咖啡壶给自己煮一杯黑咖啡，再配上两片他自己做的燕麦核桃吐司面包，便开始了一天的工作。

我在Kevin家苏醒的第一个清晨，便是被那古典音乐唤醒，迷迷糊糊地摸索到他的电脑室，他一见到我就站起来给了我一个大大的拥抱，那种亲切感让我差点儿忍不住喊他"Kevin Daddy"。闻到他的咖啡香，再楚楚可怜地看着他，他便一眼会中我意，停下手中的工作，专为我做了一杯黑咖啡。我坐在一旁小桌上静静地看我的书，而他认真地做着自己的工作，偶尔我们会有小小的交谈，安静的清晨，共处一室，各自关注自己的事情，互不打扰，和在自己家一样舒服。

白天我和叶子租个摩托车在清迈城里四处乱晃，在古城的每个寺庙、每条街巷窜进窜出不下20趟，把宁曼路创意街区的每一间小店、古城河对岸外的高级餐厅分布区、中国城外的各个批发商店，几乎城里能逛的边边角角都被我们扫荡了个遍，而我和叶子并没有那么热衷于购物和美食，相反倒是清迈城里遍布街巷的涂鸦让我们惊喜不已。最后我们也没能免俗地骑摩托车逛了清迈大学。但说实话我觉得真没什么可看的，比起我的母校四川大学，不管从规模、历史、景观还是内涵来看，都还是有好几条街的差距，所以大家也确实不用再鬼哭狼嚎地非要去凑这个热闹，咱泱泱大国不缺这个，所以我们也是匆匆逛完一圈，就窜出来了。

Kevin平时比较忙，但一有空就开着车带我们去朋友那里串门子参加各种聚会。在清迈的"沙发客"们每周五的晚上八点会在固定的酒吧有聚会，各个"沙发主"再带着自己接待的"沙发客"一起参加，几大桌坐下来

**MOVE SLOWLY AND
KNOW YOURSELF**

能有二三十个人，自己买酒自己喝，实行AA制谁也没负担，大家坐在一起互相交流发生在旅途中的或者生活中的故事，交更多的朋友。也因为我太爱喝咖啡了，Kevin还花了一个下午专门带我去他卖咖啡豆的伊朗朋友家里喝咖啡，他的朋友是专门做咖啡豆加工对外出口贸易的，而他以前居然是伊朗的特种部队军官，墙上挂了很多他拿着枪穿着迷彩服的照片。他给我介绍泰北种植咖啡豆条件的优劣，现场为我演示如何烘焙豆子，还给我介绍了他如何通过网络就把他的豆子卖到世界各地，当然最后少不了给我做了一大杯超级香浓的卡布奇诺。后来还有一晚，Kevin带我们去参加了清迈摄影师协会的家庭聚会，可惜我对摄影真是一窍不通，倒是一直推着叶子去交流，因为不管叶子自己怎么看待自己，在我的心里他就是一名摄影师，用心和善于发现美的镜头记录了我们旅行中的无数美丽的瞬间，这让我很喜欢。在离开前，我还有幸在Kevin家里把驮了5500KM的最后一包火锅底料给煮了，并且把带了一路的花椒也留给了他。

除了每天清晨的共处，我和Kevin还有一个属于我们自己的"私人时间"——Evening Free Talking，因为我们的共同点除了爱喝咖啡，还都喜欢喝酒。所以，每个夜晚，我和Kevin都会拎着清迈啤酒和他做的莫吉托在他二楼的露台上喝酒聊天，他还会拿出烟斗抽他的雪茄。我记得我们聊了他的家庭——他在新西兰的三个儿子和前妻，聊了他的人生选择，他在泰国的生活；我也聊了我的生活，聊了我的旅行，我的困惑。每天晚上都要聊到酒喝光了，夜也深了，二麻二麻地拥抱告别再各自回房间睡觉。这让我不禁感慨，有多久我的父母没有像这样静静地听我讲讲我的心声了，像朋友一样，告诉他们其实我的世界里不只是吃什么好吃的，穿什么漂亮的衣服，昨天有没有睡好，今天是不是太晒，什么时候结婚，什么时候生孩子，挣多少钱，生活体不体面。而相反，这些烦人的话题我真的一丁点儿都不在乎！就更不在乎那些我认识的不认识的七大姑八大婆是怎么想我的！

Thailand / 泰国·国泰

在清迈混沌几日，好像也不能再折腾出什么鸟来了，于是便租了个摩托去拜县玩，圆叶子做了一路的"嬉皮士梦"。Kevin 顺便给我们介绍了一处如世外桃源般的清静好去处。于是我背着小包跨上叶子的后座，叶子顶着两斤重的脏辫、载着 100 斤的我向着泰北山林出发。

Pai 是一个更无需我多费口舌推荐的地方，这地方完全就是针对中国人的口味打造的"旅游专供小镇"，总感觉这里根本不存在什么所谓的本地人，定居在这里的人也几乎来自世界各地。各种可爱小清新的咖啡厅、小农场、小庄园、小巷、小屋、小花，处处都是心思，都特别适合装 X 和装神，可总感觉满街都是为了迎合而打造的心思，反倒让人感觉很刻意。街上晃来晃去的游客里，一大半都是中国人，其中更是无数操着四川口音的老乡。想起曾经我说过四川人有一种野草精神，只要有生命迹象的地方都能见到四川人的身影，并且野火烧不尽，春风吹又生。

和叶子骑着摩托四处乱晃，我俩的口味对那些卡哇伊的地方几乎没什么赶脚，一一略过。便往城外更偏冷的地方跑，意外地在小镇郊外发现一个嬉皮士会集的青年旅舍，名字叫"Spicy Pai Backpacker"（辣派背包客）。这个旅舍就是两栋在稻田里用干树叶和草席搭的简易棚子，我探头往里面看了一下，整个一个大通间横七竖八地摆满了密密麻麻的上下铺，旁边摆了一整排青年旅舍常用的简易储物柜，除了睡觉，一切的事情也都需要在公共区域完成，包括吃喝拉撒。我们到前台本想咨询是否可以入住，因为价格便宜，也比较符合叶子的风格，结果前台一副屌样爱理不理。而在旁边搭的一个二楼的露台上，几个鬼佬的男女正在癫狂的音乐下扭动着身躯一阵乱舞，看了下他们的状态，再闻一下味儿，大概就明白了，都刚嗨了大麻。倒也不稀奇，有嬉皮士的地方，就有大麻和摇滚乐。在东南亚国家到处都混迹着大批的西方嬉皮士，他们整天游手好闲，自由散漫，这里完全就是他们的"失乐园"，低廉的消费根本不需要他们

MOVE SLOWLY AND KNOW YOURSELF

去思考太多的生计，反倒可以整天沉迷在欲望的世界里，欲仙欲死，逃避社会的压力。看世界的方式有很多，我尊重每一个人的选择，当然这样的生活对很多人来说充满了吸引力，只是我知道我不属于那一个类别，所以我选择与他们保持距离，而关于叶子，在我看来只是一个"伪嬉皮士"而已，他还没有认识到真正的自己。

Pai 县的一切在一开始是让我们兴奋和愉悦的，可只待了一个晚上，我们便好像看透了它的那点儿花拳绣腿的小伎俩似的。这个地方充斥着太多的空虚和欲望，虽然环境很安静，但人也很浮躁，不过，随便三四十块钱就能找到舒适的独栋小木屋，还是很适合偶尔来这里发发呆的。

第二日大清早便动身去往我们此行的下一个目的地——Cave Lodge。这是一个隐匿于泰北边境山林的小村落，从 Pai 出发还要往北去 50 公里。这里被外界所知，是由于一位三十多年前便探秘于此的澳大利亚探险家和摄影师 John Spies。当然，如今的 John 已经不再是那个帅气迷人的年轻人，现在的他精通泰语，娶了一位泰国姑娘，岁数一小把，相貌些许走样，在这山林里搭建了自己的世外桃源洞穴山林小屋，接待一些慕名而来的客人。John 最大的成就便是在 20 世纪七八十年代探秘于泰北边境时（即我们指的泰国境内的金三角地带），拍下了分布在这里的几个少数民族部落的珍贵照片，因为这里的几个少数民族部落当年大面积种植罂粟，上至老人，下至几岁的小孩儿甚至婴儿都长期吸食鸦片，也因而牙齿变黑。由于鸦片贩卖涉及敏感的经济利益，所以他们的村民人人配有枪支，当年 John 作为最早的探险家，也或许是当年的嬉皮士来到这里，用相机记录下这些珍贵的瞬间。不过如今大部分的人已经迁往了城市，这些地方也都变成了旅游胜地，只剩下一些老太太，每日穿着独特服饰沦为了一道独特的风景，供游客打望。

除了拍摄关于金三角的照片外，John还有值得世人尊敬的一点，他是一名非常厉害的探洞者。在这三十多年里，John在泰北边境前前后后一共探索开发了上百个洞穴，拍下了无数绝美的照片，并且大多由他和他的同伴给这些洞穴命名，并协助当地村民一起开发和保护当地的洞穴资源。如果你是探洞爱好者，找到了John，你就可以饱览到整个泰北最美的洞穴了。

我和叶子住下后，便在John的推荐下步行来到了位于木屋旁边的山洞——Tham Lod。本身来这里的游客十根手指头就能数得完，而且大多也都住在John的山林小屋，所以来这里玩的人一天也就那么几个。看得出来这里还是有一定开发的景点，门口有两家卖食物和饮料的杂货铺，价格和任何的路边商铺几乎无异（这和中国各个景点或者机场物价翻倍是完全不同的）。在洞穴门口有一个服务室，里面坐着几个本地的大妈，她们就是这个洞穴的导游讲解员，我们两人的门票加聘用讲解员的费用以及支付竹筏的钱一共才90元。只见大妈从桌上取了一只煤气灯就领着我们往洞里去了。大约步行5分钟就到了山洞门口，外面有一条清澈碧绿的小河，3个泰国大叔撑着几条竹筏，上面只坐着两个年轻鬼佬游客。整个山林清静至极，我断定洞里只有我俩和大妈在里面神游。

大妈在洞穴门口开始点灯，因为这里的洞穴和我们国内开发的挂满五颜六色彩灯的洞穴完全不同，这个洞穴里根本没有通电，也没有挂一盏灯，我们整个的参观过程都是借靠大妈手中拎的那一盏煤气灯。洞穴里面也没有用水泥修葺成的步道，仅仅把地面做了简单的打平处理和安装了一些木梯，标准基本以"勉强能通过"为原则，完完全全地保留了洞穴的天然性和完整性。大妈虽然是村子里的村民，但英文口语已经被训练得相当顺溜，介绍起洞穴的景点来毫无压力，完全算得上乡村专业八级水平，只是口音还是带着点儿山味儿。Tham Lod的特点是这里有1700年前的棺

**MOVE SLOWLY AND
KNOW YOURSELF**

材（主要是因为我被国内景点动不动就几千年的历史给麻木了，所以一听到才 1700 年完全无感），也有巨型尺寸的从洞顶伸到地面的钟乳石，而更厉害的是这里居住着三十多万只褐雨燕，据说每晚这些褐雨燕集体归巢时的场面相当壮观，而我有些许密集恐惧症也就没有强求非要看了。当我们穿行于山洞内时，这些燕子就在我们的头顶叽叽喳喳地乱窜，而叶子更加有幸地用他两斤重的脏辫接住了一坨褐雨燕的鸟屎！这让我差不多笑了一路合不拢嘴。

Tham Lod 真正让我喜欢的倒并非洞穴本身。因为我生长在四川宜宾，我的家乡也是以喀斯特地形闻名的地区，大大小小的山洞自然也见过不少，小时候也不怕死地跟着一些大孩子钻过很多的洞，包括一些窄小到需要跪地爬行的小山洞，还因为缺氧差点儿丢了性命，所以其实我对于山洞本身并没有太多的兴趣（终于理解叶子为什么不那么喜欢到海边游水了）。它让我喜欢的是一种奇妙的感觉。当我们结束在洞穴两壁中的穿行之后，登上大叔撑的竹筏子漂浮于洞穴内的河道之中时，大妈坐在船头，煤气灯在整个空旷而黑暗的洞穴之中散发着微弱的光并因为燃烧发出呼呼的声响，竹筏在河道中穿行碰撞着水流，耳根和发丝都能感受到穿堂而过的微风，洞顶的水滴和褐雨燕的鸟屎一起坠入河面，借着灯光探头可以隐约看见河水之中很多条身影乱窜的大鱼，远处洞口发着白光在河面留下光影，那白光由远及近，从小变大，瞳孔一点一点地收缩释放，最后整个世界重新恢复光亮，整个过程舒缓而静谧，直到出洞很久我仍然一直呆滞在原地。

出洞的瞬间我几乎眼泪决堤，也许叶子根本没有察觉，因为我那个关于清迈、关于我们整个旅行的心结在那一刻终于解开了！那个无法有缘见到的在河水中洗澡的野生大象一直像一个肉瘤一样长在我的心里，总觉得遗憾。而如今，我却在这里意外地感受到了这番不可思议的画面，仿

Thailand / *泰国·国泰*

佛弥补了我遗失的一切。

感谢,这生命中最美丽的一天。

你迷失的身影冉冉升起
在分裂的天空中留下足迹
生命中最美丽的一天……
一千万只太阳的光辉
映照着金色的月亮
生命中最美丽的一天……
我想她应该会去懂得
如果睡梦及哭泣

生命中最美丽的一天……
不要打扰
请不要打扰
在遥远的天边
你将化为七道彩虹

——摘自痛仰乐队《生命中最美丽的一天》

MOVE SLOWLY AND
KNOW YOURSELF

Thailand
234

MOVE SLOWLY AND
KNOW YOURSELF

后记

Postscript

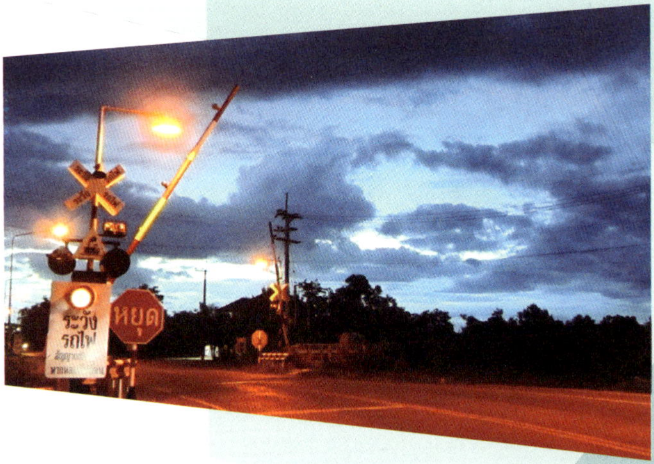
ระวัง
รถไฟ
หยุด

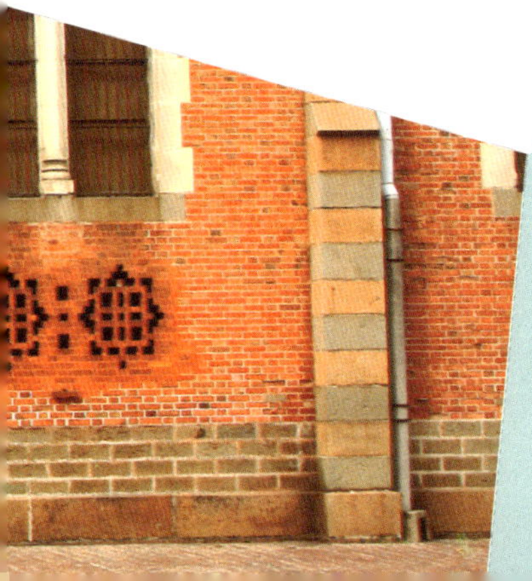

狮子后记：有时候放弃比坚持更需要勇气

给亲爱的就快要见到的丹：

今天我的胃疼了一整天，一直呕吐，但是我还是坚持骑行没有休息，但只骑了55KM我就难受得找旅馆住下了，倒头就睡着了，也没管这个旅馆是不是干净，是不是有Wi-Fi。天气真的太热了，我的腿已经被晒成了腊肉的样子，皮肤也非常粗糙，脚掌本来就非常难看，现在更加丑陋，脚趾缝已经溃烂，之前结的疤又被流出的脓水给腐蚀了，断掉的大脚趾甲长出来一半看上去像灰指甲一样异常恶心，把我和叶子的脚放到一起，都没人能猜出来哪双是我的脚。

我真的觉得累了，对于骑行的累，对于不断前进发生位移的累。骑行了4个多月，我真想扔掉单车，换种方式去旅行，买张汽车票或者火车票，或者哪儿也不去，找一个地方一直待着。

我想这次旅行对于我来说已经圆满了，我不在乎是否一定要按照原来的计划那样去8个国家，用掉8个月或者一年，当你觉得这件事情已经没办法让你轻松地感受到快乐的时候，甚至你已经到了坚持和挣扎的时候，也许就应该是时候选择放弃了。

我们的人生总是在作不同的选择，而现在摆在我眼前的选择是痛苦的坚持还是坦然的放弃。别人是无法明白你自己的感受的，我们作任何的选择都不是为了别人。这让我也明白了，上一段感情中的自己，其实我已经感受到了自己内心中的煎熬和痛苦，可是父母的期望，所有人对我们的期望，让我们一直坚持着，而事实是有时候放弃比坚持更需要勇气，那时候我没有勇气放弃，所以他帮助了我，才让我最终得到解脱。

所以，祝贺我吧！我勇敢地选择了做我的梦，我也勇敢地坚持了一路，而这一次，我也勇敢选择了坦然地放弃！

胃痛一整天还在坚持的狮子
2013.6.18

PS：最后我和叶子在清迈待了10天，缅甸过不去，马来西亚也因为泰南的局势动乱不给我骑行通过的签证，叶子本想直飞印度接着骑行，还专门坐火车回到曼谷办理签证但仍然以失败告终只能放弃，最后我们共同决定结束这次骑行的旅程，各自走各自的路。叶子在清迈卖掉了跟随他一路的"马儿"换了600元人民币，心里空荡荡的失落。而我纠结了几天最终决定将单车赠与Kevin，只因他与我志趣相投，只因他已接待了150个"沙发客"，单车可以帮助更多的"沙发客"悠闲逛清迈，也只因他在最后为我和叶子拍摄了一组非常有纪念意义的照片。除了单车，我也把能留下的装备和衣物全部让Kevin帮我捐给了当地的慈善机构，帮助那些从缅甸逃亡到泰国的难民。有时候放弃比拥有更需要勇气，予人方便，让爱延续，这也是我此行最大的感悟。

240

241

结束骑行后，我把驮包换成了背包，迅速切换角色和一帮鬼佬从清迈坐汽车经清莱到会晒，进了老挝换慢船摇了两天到琅勃拉邦。在慢船上的两日搭上了一个在伦敦生活了 10 年的中国东北女生、一个到清迈学禅修的重庆男生和一个 19 岁在越南支教的英国女孩儿，我们同吃同住同行，半夜拎着老挝啤酒到河边撒欢，搭 TUKTUK 去光西瀑布扛着我的超级恐高症拉着树绳玩跳水，穿着木屐丛林涉水徒步被蚂蝗叮咬染一池的血，一天花 10 块钱租个破自行车把琅勃拉邦这小城街角横扫 5 遍。

7 月初回到昆明办理完签证，飞奔到贵州，在丹的学校一起过我们的生日，月底再飞到马来西亚一起兑现了那个谋划已久的甜蜜之旅，8 月正式回国，如我当初对自己的承诺，折腾完了，回归正常的生活，好好过日子。

我很庆幸，上天保佑我吃饱了饭还胆敢去做梦！

感谢我的单车，让我找到一个更加完美的世界！

感谢我的爱人，给我力量去做喜欢的自己！

PS：狮子小姐和丹尼尔先生于 2015 年 2 月正式登记结婚，并开始计划下一段长途骑行。

243

叶子后记：叶子的信仰之路

有点纠结，想了很久，还是啰唆几句吧，估计以后也很少啰唆了。人活着真的很好玩。之前认为，人生苦短，及时行乐，觉得一辈子经历这么多苦难不容易，应该多享受该有的快乐。但后来发现不对，为物质为享受而活着，始终不究竟。很多问题也出来了，没办法解答，只有去找答案……之前也是无神论者，从来不向外求，坚信靠自己，就可以去面对，然而，再怎么找也没有答案，一路走着有些疲惫，但想停也停不下来。

时间回到上次骑车东南亚。2013年8月底从老挝回国后，在大理诺邓待了一年。诺邓这个小村庄，风景一般，民风淳朴，气场特别正。这小地方总能吸引些稀奇古怪的神人驻足，儒家、道家、佛家都具备，一些大师到了这里都说：想不到这地方正气这么强，看来出过高僧大德呀。的确，翻翻有关诺邓的书，还真出了不少人才……诺邓对我来说就是一个神奇的地方，改变了我……而这一年多也发生了很多事，家人的事，朋友的事……后来善心居士的指点，再后面遇终南山修行者指引……也因为这样的机缘才让我慢慢接触到佛教、佛法。

刚开始接触佛教的东西，还是有点保留，先当知识一样去了解。后来发现，不得了，怎么都这么有智慧的呢，太厉害了。而佛法同样是往内求，众生皆具佛性呀……这不就是我要找的吗？心里很多的问题也慢慢解答出来，明明了了，豁然开朗。

想想就好玩，之前到处跑藏族居住区、尼泊尔、越南、柬埔寨、泰国、老挝等等，佛家的门都不知道进进出出多少趟了，自己还傻乎乎的。佛度有缘人啊，感慨福报浅薄，佛菩萨多少次出现在跟前，我都不识眼……

某天，一居士朋友得知我在学佛法，惊愕不已，说："想不到一个摇滚青年都让佛法改变成这样，不错，我对佛法更有信心了。"是的，佛法的魅力无法比拟无法形容，智慧如海。我还没入门，都已经被震撼得不得了。

我妈最高兴的是我戒烟了，她激动地说："你抽烟抽了10年，我说了你10年你都不听，人家（那个修行者）说你两句，你竟然就听了……"的确也是那样的，哈哈。其实那个修行者也没说要我干吗干吗，是自己觉得有必要这么做。一直到现在我都这样理解的，佛教是一个完整完美的教育体系，一定要真信。嘴巴说学佛学佛，而自己没有行动没有改变的话，那就是迷信了……我先戒的肉，然后戒酒、戒色、戒烟……很多不好的习惯都戒了，认识它的本质后，都顺其自然地戒掉，算是很轻松……呃，三十多岁的人才知道怎样活得正气。后来也有朋友问我，这样活着还有什么意思？我笑了笑说："有没有意思不是问别人，问你自己。"

一次跟师父喝茶聊天，师父说我上辈子有可能是藏族地区的修行人，说我眼睛发亮。嗯，难怪之前我一直有这么个想法：藏族人那么淳朴善良，那么的虔诚。那里风景也美死了，投胎做人的话，要去那里，越偏越好，最好挨着喜马拉雅山脉那一带，因为那边特"干净"。

现在，在梅州千佛塔寺学习内观，也帮忙干点儿活儿，待了将近5个月。怎么来的？怎么待到现在的？说起来又神乎其神，因缘吧，不知从何说起，只有自己意会，不啰唆了。第一次这样接触寺院，发现跟以前所了解的完全不一样，估计跟你们一样的想法，受负面信息的影响。原来寺院的僧众不好当呀，戒律非常严。凌晨四点起床，开始忙着各自的活，早饭是六点半，十一点钟中饭，过午不食，到晚上十点关灯睡觉。一天都那么充实地过，而我也慢慢适应了，挺有意思的。

这些也是我这一年多来的经历和变化。嗯，我有了信仰，很想把自己内心的喜悦跟大家分享，在这也不会说太多，点到为止，有兴趣的就私聊吧。最后在这儿给朋友你啰唆几句，与信仰无关：人可以渺小也可以伟大，别满怀梦想而又在虚度光阴……相信你自己，也相信因果。诸恶莫作，众善奉行……

无论如何，你们都是我的朋友，我会好好地珍惜的。你们要和我一起开心、快乐，你们的朋友叶子，曾经懦弱过、轻狂过、孤独过、叛逆过、迷茫过……还好他没放弃，他四处漂泊，他到处寻找……
终于找着自己的灵魂
终于找着人生的答案
终于找着自己的宝藏

而现在也仅仅是个开始
另一个的开始
路很长
很长……

最后：
感谢母亲给了我一颗善良的心
感谢给予我能量的你们
感谢给予我逆境的众生

PS：叶子已经于 2015 年年初在云南曲靖正式出家，法号释传毅。